袁永海 —— 著

隱居溫哥華

袁永海中篇小說選

目 次

愛在加蓬

一

我突然冒出個想法，打算不辭而別，離開穆伊拉，離開加蓬，離開我仍然深愛的「老公」嘉墨比，而且永遠都不再回來了。講不出具體的緣由，總之在這個季節，我的心情越來越糟糕，一直很複雜，我想念我的國家，惦記著觀看北京奧運，思念杭州的父母、親人和朋友，一陣陣地無法抑制地渴望重新回到家鄉的懷抱！

嘉墨比當然脫不了干係，這個杭州大學的黑人留學生，把一個土生土長的西湖漂亮MM「騙」到手，又把她萬里迢迢「拐」到加蓬，「拐」到穆伊拉的鄉下，把她扔在完全生疏的潮濕的木質房子裡，然後似乎根本不顧和她正式走進教堂，舉行宗教儀式，就一頭消失到首都利伯維爾，僅每天給她短短地打幾個電話即算了之。

不過，我相信嘉墨比還愛我，而且深深地愛著。但我不敢確定這個身為加蓬芳族，口中經常秀著中國話的大男孩，他愛不愛與他同族的絕對美女邁塞勒？我這樣說，是因為我在那個同樣是黑人的女孩面前完全沒有了一點點自信，我應該算是個美女，古就有蘇杭二州出美女麼，但與她相比，我無疑遜色了很多，邁塞勒無與倫比的漂亮，無與倫比的性感，她根本就不像他們芳族的絕大多數女孩，芳族人幾乎個個矮小，以致她們所設計出的房屋都低矮，她們皮膚黝黑，腿短，胸寬，鼻子扁平，唇厚，大腦袋……但邁塞勒卻身體修長，高胸、細腰、翹臀，且皮膚細膩如

同油脂，大眼睛忽閃著，長睫毛曲翹著，厚嘴唇翻開著，三七分的無數條小辮子活潑俏麗。更讓我每天憂心忡忡的是，雖然嘉墨比總是不在家，但邁塞勒仍然十分固執地堅持著每天都來找他，她還非常坦誠地跟我講吶，她說，她們加蓬共有人口大約150萬，分兩大種族，即俾格米人和班圖人，而她們芳族則屬於後者，加蓬處在傳統婚姻與現代婚姻並存階段，農村大多為傳統婚姻，只有城市才盛行現代婚姻，如今農村大部分部族依然實行著一夫多妻制，所以，嘉墨比愛我和我結婚都不會影響她將來成為他第二個老婆。我當然不能全部聽懂芳族人的芳語，可邁塞勒在表達她對嘉墨比無限愛慕的時候，更多地採用的居然是我們的漢語，從哪裡學來的？當然是嘉墨比！

嘉墨比在穆伊拉鄉下，甚至在穆伊拉整個地區常秀中國話是眾所周知的，他是這一地區的名人，留學中國，學的是漢語言文學，所以沒人覺得他神經質，反而個個都很崇拜他。穆伊拉擁有人口近10萬，這在加蓬共和國除了首都利伯維爾，就算比較大的城市。整個加蓬地廣人稀，人口密度大約每平方公里不足4人，85％的土地被一種叫作奧庫梅樹的森林所覆蓋，如果你乘坐飛機，倚靠舷窗，透過雲隙向下張望，加蓬的城市、小鎮及鄉村，全都淹沒在浩瀚的綠色海洋裡，所以加蓬賦有「綠金之國」的美譽。嘉墨比愛自己的國家，但他更喜歡中國的文化，他還參加過央視的07年「星光大道」呢，雖然沒取得什麼好成績，甚至都沒能進得了週冠軍，但正是從那個時候起，這個吸晴的黑人留學生才正式進入我的視野，作為杭州大學的同學，也許正是從支持他那一刻開始，我由最初對他的仰慕，漸漸產生了喜歡，而最終一發而不可收地演變成了愛慕。嘉墨比曾經向我表白，他要把中國的文化帶回加蓬，要把中國五千年的文明介紹給加蓬人民……但

是兩三個月過去了，這個屬於穆伊拉鄉下鳳毛麟角一樣少的富家子弟，他都做了些什麼？在我看來，還不是整天遊手好閒？

我曾經在電話裡以及當面都問過嘉墨比，我說，你幾天幾天地泡在利伯維爾是在尋找工作嗎？嘉墨比一直都是嘿嘿地鬼笑，他說也是也不是，我繼續問他，什麼叫也是也不是？他就顯出一幅諱莫如深的老成神態，然後十分嚴肅地對我講，他說我的寶貝兒，你不用急，不用急，就快了，就快了。我有些失望，於是沉了臉，質問他，就快了指什麼？他就一歪頭，佯裝嗔怒地訓斥我，你怎麼老是打破砂鍋問到底呀？接下來是瞬間的沉默，嘉墨比很會察言觀色，他不允許我們之間產生不愉快的沉默，他這時準會一把把我拉過去，攬到他的懷中，親親我的耳朵，髮際，腦門兒，眼睛……一面親，一面百般柔情地對我說，寶貝兒，真的快了，不需要多少時日了，你就要什麼都看到了，屆時，你會滿意得美到天上去！我壞壞地猜想，他是不是對邁塞勒也有過這樣的柔情呢？

邁塞勒問過我同樣的問題，就是我追問嘉墨比的問題，她忽閃著會放電的大眼睛，隨時捕捉著我眼神的變化，姐姐，她管我叫姐姐？這分明已經將自己看成了嘉墨比的二房！你知道嘉墨比老待在利伯維爾在幹什麼嗎？我就用手比劃著騙她，我反問她，難道你不知道嗎？他是煩你，在躲你呀。她不信，這小MM鬼精鬼精的，不愧為部族酋長的女兒。而往往在這小妮子認為已窺破我心計的時候，她的本來就外翻的厚嘴唇，定會更加有力地誇張地外翻一下，接著，她會習慣地獨立伸出右手食指，在我面前輕輕擺動，十分誠懇地批評我，你──不老實！不友好！她還說，既然這樣她就準備前往利伯維爾一趟。這簡直快要把我嚇死了！

二

　　嘉墨比的老家叫蘭巴韋，坐落於加蓬中東部，屬於恩古涅省穆伊拉州的一個郊區小鎮。他父親是個傢俱商人，我前面說過，加蓬擁有廣袤的原始奧庫梅樹森林，因此盛產奧庫梅木，在那裡你經常可以看到一隊隊滿載著奧庫梅木的卡車沿途駛過，這是一種相當名貴的木材，奧庫梅木紋路清晰，氣味芬芳，做出的傢俱尤為氣派奢華。據說加蓬有一家五星級酒店就被稱作「奧庫梅酒店」，店內裝修及所有傢俱都是用奧庫梅木所作，而2004年初，中國國家主席胡錦濤訪問加蓬時正是下榻的那家酒店。嘉墨比的父親娶有三房老婆，可他很少在家居住，常年只帶著嘉墨比的三娘逗留於穆伊拉州內，那裡有他開辦的一家很大的私營傢俱賣場。而嘉墨比的親娘和二娘則留守於蘭巴韋鄉下。

　　08年春節剛過，我就跟隨嘉墨比來到了加蓬。加蓬給我的感覺一切都那麼新奇，加蓬地處非洲中西部，橫跨赤道，緊緊毗鄰白沙細浪的大西洋，海岸線棉長800餘公里，屬典型的熱帶雨林氣候，全年高溫多雨，平均氣溫26℃，幾乎感覺不到明顯的季節變化。初臨異鄉國度，這裡對我有無限的誘惑，一座座小鎮和村落，就宛若鑲嵌在無邊的綠色地毯上的珍珠，那一時刻純淨的蘭巴韋綠色早已經把我給迷醉了。但沒想到蘭巴韋人對我的好奇，絕不亞於我對蘭巴韋的好奇，我坐著嘉墨比父親接我們的車子，車子沿村街緩緩駛過，街道兩側擁擠著蘭巴韋所有的村民，有些人手裡還舉著鮮花，就像接待某國的元首一樣。車子開到村中央故意停下來，那裡建有一個正方形的廣場，屬於加蓬每一個村落都擁有的傳統建築，廣場一側是村裡的公房，它是全村最高大的房屋，供全體村民聚會、議

事和休憩之用。嘉墨比父親命令我們下車，把我倆領到公房前的高臺上，他對著快速圍攏過來的村民們高聲而驕傲地宣佈，你們看，我兒子，他從大中國領來了一個漂亮老婆！聽得出他的激昂的聲音裡流露出無限的自豪。

我被蘭巴韋人的熱情感動著！

嘉墨比家對我的招待同樣令我感動。不是最初的幾頓，而是幾乎頓頓天天都如同享受國宴一樣，飛禽走獸魚鱉蝦蟹應有盡有，我吃過野牛尾、疣豬舌、羚羊臉、猴子腦、大象拔、菌類、蕨類⋯⋯以及最能反映加蓬烹飪特點的各類的湯汁，香甜可口的貢波樹葉燉芋頭湯，清爽淡雅沁人肺腑的棕櫚果核湯，酷似巧克力味的野芒果仁做成的奧迪卡，還有她們芳族人特別喜歡食用的，用肉末、蔥頭、辣椒燒成的納尼湯，其味道之鮮、之美，足以誘人垂涎，食之胃口大開。每餐中，當我吃上一口芭蕉葉包肉的時候，那片刻的滿足，真的總令我產生那麼點樂不思蜀。

為嘉墨比家採購膳食用品的，是他家長期雇傭的一個本村青年，這青年看上去似乎比嘉墨比小上三四歲，個子非常矮，也就1米4幾的樣子，腦袋尤其的大，是典型的芳族血統人。我有點害怕這個青年，他好像有點傻，而且嚴重的口吃，我一點也聽不懂他的口吃芳語。不過記憶中，這青年似乎從未和我說過話，我只是害怕他總在偷偷地看我的眼神，難道⋯⋯他有偷窺癖嗎？他還不僅僅只在公開場合偷窺我，在花園裡，在走廊上，甚至在我的私人房間裡，有好幾次我都看到他那張齜著小白牙的大黑臉，隱藏在某個陰暗的角落，一雙白燦燦的小眼睛鬼鬼祟祟地對我瞄望，他要幹什麼？對我圖謀不軌嗎？我曾經想過，是不是把此事告訴給嘉墨比，但最終還是忍住了，我擔心嘉墨比以及他的家人笑我大驚小怪。

不過，還真的不是我大驚小怪。

這一天，邁塞勒又來找我了，她好像還沒有去利伯維爾，這小MM似乎永遠都那麼興致勃勃，她一點也不介意我曾經騙她和對她的敵意，她居然邀請我，說要帶著我去村北的丘陵上挖蕨根，就是加蓬人餐桌上經常出現的一種蔬菜，我猶豫著，不知該不該去，不是不想和邁塞勒搭伴，我還沒那麼酸氣，也不是不想離開家，老實講，這兩個多月，一直被困在嘉墨比家的別墅裡，我感覺自己都快要憋瘋了，我是多麼的渴望外出一回呀。但每當內心湧現出這一念頭的時候，我的耳畔就會響起嘉墨比親娘對我的頻頻叮囑，她說如果我出去千萬要處處小心，因為加蓬國兩級分化極其嚴重，即貧者多，富者少，因此許多地方的治安都不是很太平，尤其是外國人，他們的護照和錢物經常被偷或被搶。

邁塞勒可不管那一套，不由分說，拉起我便走。蘭巴韋並不是很大，我們沒有利用任何交通工具，只由邁塞勒隨身背了一個編筐，我們邊走邊聊，當然是一邊比劃一邊聊，而且我們倆都是芳語和漢語相互攙和，只是邁塞勒芳語多漢語少，而我則漢語多芳語少，我們的溝通還算比較順暢。不知不覺中我們走出了蘭巴韋，蘭巴韋鎮外到處是各種熱帶樹木和碧油油的草灘，一眼望去，剎那間會把人心中所有的鬱悶蕩滌驅散，我歡快地揮起雙手，口中噢——噢——地大聲呼喚著，情不自禁地在鄉村土路上奔跑起來。可是就在我們離那段丘陵還有咫尺的時候，猛地從路邊一棵粗壯的樹後竄出一個黑影來，這黑影二話不說，衝上幾步就用一條胳膊圈住了我的脖頸，而另一隻手開始迅速在我身上摸索，我嚇得大哭起來，一面哭一面聲嘶力竭地嚎叫，邁塞勒這會兒嚇傻了，她站在不遠處，定定地看著眼前所發生的一幕。正在這危機的關頭，不知怎麼，嘉墨比家的那個青年竟奇怪地突然從丘陵下的溝壑中站起，他狂吼了一聲，就朝我這裡兇猛地撲過來……

三

　　這天傍晚，嘉墨比回家了，他父親也風塵僕僕地趕回來，說是要給我壓壓驚。稍晚些時候，邁塞勒帶著她的酋長老爹也出現在嘉墨比家。酋長老爹還特意給我送來了一件禮物，是一款加蓬女孩都喜歡佩戴的精美別致的銀項圈，下面還特別加掛了一支由「鼻骨」做成的耶穌十字架項墜兒，「鼻骨」並非真正的鼻子骨頭，而是鼻骨地區特產的一種天然石材，據說它是世界上最軟的一種石頭，用「鼻骨」做成的各種畫可是加蓬最著名的工藝品吶。酋長老爹還代表邁塞勒一百分真誠地向我表達歉意，芳族人大多信奉天主教，少部分堅守著萬物有靈信仰，邁塞勒老爹雙手合十，虔誠地一字一頓地禱告，我－尊－敬－的－中－國－朋－友，願－這－只－「鼻－骨」－耶－穌－項－墜－今－後－永－遠－保－佑－你－平－安！他居然也能秀我們的中國話！這令我感到萬分驚喜。

　　我連聲謝謝！謝謝！

　　邁塞勒這晚穿著很別致，一身非常豔麗的超短套裙，紮起了五顏六色的纏頭巾，一個俏皮的燕尾結高高的翹立於腦後，這使這個本來就漂亮性感的黑人女孩顯得更加活潑迷人，而更誘人的，是她居然打著一雙赤腳，兩條修長而光潔的腿上很有規則地塗上了許多白色的斑點，一直延伸到臀部，就像穿著一雙華美的長筒網襪。我正納悶她為何如此打扮，是不是專門穿給嘉墨比看的？這時，別墅的外面突然傳來了喧天的鼓聲。邁塞勒一把抓住了我的手，我看見她的外翻的厚嘴唇誇張地更加外翻一下，她拉起我就向別墅的外面跑去。來到院子裡，我幾乎驚呆了，夕陽已

經掉進大西洋裡，夜色籠罩了院子，我根本不知道嘉墨比家的院落何時居然升起了幾堆篝火，而且還蒞臨了那麼多青年男女，她們個個與邁塞勒一樣的打扮。我感到了一雙眼睛，就是嘉墨比家的那個長工，他正立在院子的角落，身前支著一架鐵板燒，淡淡的煙霧裡，我看見他不時地翻動一下鐵架上的烤鮮魚，滿院子彌漫著醉人的大西洋鮮魚的清香。

原來是嘉墨比，是邁塞勒，是嘉墨比和邁塞勒的兩個老爹，經過共同商議，為了給我壓驚，為了讓遠方尊貴的朋友很快忘記白天的遭遇，專門為我舉辦了一次芳族特有的篝火歌舞表演，非洲幾乎所有的民族部落都有其自己獨特的歌舞，這是他們傳統的文化，芳族也不例外。現在，我的到場就是主人的到場，場面一下子熱鬧起來，嘉墨比親自加入到鼓樂的行列，邁塞勒強拉著我，一直把我拽到院子的正中央，我忸怩著掙扎著，大聲地對她說，我不會，我不跳，可是與邁塞勒打扮完全一樣的年輕女孩們，她們本來全都坐在地上，這時，突然間全都站起來，閃電般圍成了一個圓圈，結結實實把我堵在了中央，我不知所措，尷尬地停在那裡，我聽見一圈人齊刷刷地對著我說，你好！中國的朋友！她們說的居然都是漢語，都能秀中國話，雖然僅簡單的幾個字，但這聲音太熟悉了，太親切了，我的雙眼剎那間濕了。

鼓樂聲陡然大振。

隨著震耳欲聾的鼓樂，女孩們呼嘯一聲，立刻跳起了激烈的舞蹈，她們甩動頭部，起伏胸部，屈伸腰部，擺動和旋轉胯部……非洲各部族的舞蹈本就強調人體各部位的活力，粗獷豪放，節奏感鮮明強烈，如行雲流水般激越高昂，充分體現熱帶風情獨具的風格。我看著她們跳，聽著激動而震人心弦的鼓點，漸漸地我的羞澀感消失了，我不再忸怩了，慢慢的，我開始學起了

邁塞勒的動作，不知不覺地跟著活動起來，跟著跳起來，我們跳完一曲緊接著另一曲，放鬆和無比的歡快屬於這個夜晚，屬於我們，屬於一個從遙遠的東方而來的中國女孩。累極的時候，我們就無拘無束地席地而坐，我們吃著清香四溢的大西洋的烤鮮魚，大口大口地猛灌法國香檳。我完全融入了她們，我暫時成了一個芳族女孩。

　　吃夠了，也喝夠了，鼓聲一起，我們繼續狂跳。芳族的女孩個個是舞蹈天才，個個稱得上舞蹈家，芳族人的歌舞往往都是通宵達旦的，在那種激烈而狂歡的場合你永遠都不會覺得疲倦，你永遠都覺得自己渾身勁爆，你會不希望天明，不願意看到日出，但朦朦的日光又總會在你不知不覺間從遙遠的東方逐漸地明亮起來。某一時刻，我突然看清了嘉墨比家院子裡的幾棵高大的椰子樹、棕櫚樹以及幾棵茁壯的芭蕉樹，熹微的晨光中，這些熱帶樹木顯得分外妖嬈美麗，彷彿比我剛來時看到它們的樣子還要妖嬈美麗。鼓聲在這個時候停止了，我看見嘉墨比丟下了鼓槌，似乎正想朝我走來，可邁塞勒卻不失時機地一個箭步竄了上去，她截住了嘉墨比，抓住了嘉墨比的雙手，她在我的眼皮子底下，踮起了腳，用突然伸出的雙臂，面對面地一下子圈住了嘉墨比的脖頸，但嘉墨比推開了她，還沒等她繼續完成更親暱的動作，就推開了，他朝我走過來，可是我有點酸意，我沒有朝他走過去，我閃開了他靠過來的身體，只給予他一個輕輕的點頭。然而點頭的瞬間，我忽然又生出了那個奇怪感覺，就是嘉墨比家那個青年長工賊溜溜的目光，我用餘光裝作漫不經心地掃向那個角落，哦，我發現了，那對白燦燦的小眼睛，果然篤篤地一直在背後盯視著我。啊，鎮北丘陵附近的突然救助，那怎麼可能只是一次機緣巧合呢？

四

　　某天接近中午，我正在別墅一層的客廳裡看電視，這是我每天這一時段必做的事情，我惦記著北京奧運，我想看看火炬傳遞的消息，但加蓬的電視臺少得可憐，僅有四家，即加蓬一台，二台；另外還有兩個非洲電視臺，即三台，四台。而其中二台的信號又僅僅覆蓋了首都利伯維爾，四台為閉路電視，因此只有三台全天21小時播放，據說，這家電視臺始建於1988年，私營，每播放期間必須要轉播兩次法國的電視節目。我聽不到自己國家的聲音，聽不到奧運的消息，火炬現在究竟傳遞到哪裡？其實我基本聽不懂電視裡的新聞解說，加蓬自己的語言也好，加蓬的官方語言——法語也罷，你知道，我們國內教育的第一外語基本都是英語，所以我只想看看電視裡的畫面，只希望看看火炬傳遞的畫面，哪怕只一次也好，但是，一直沒有，我一直都沒有看到過！

　　突然有兩個十多歲的陌生小孩闖進來，一個男孩，一個女孩，很像兄妹倆，他們看了我一眼，怔了一下，我正要喊叫嘉墨比的親娘，但發現這兩個小孩似乎對嘉墨比家十分熟悉，他們雀躍著很快穿過了客廳，直接朝嘉墨比二娘的房間衝去，不過他們並沒有在嘉墨比二娘的房間停留多久，依稀也就幾十秒鐘的樣子，便又興沖沖地跑出來，他們直接朝我跑過來，一人一隻毫不拘謹地抓住了我的手，我站起來，那男孩還有些嬉皮笑臉的，他歪著腦袋，十分專注地端詳我的臉，看著看著，他突然衝口對我叫了聲，大嫂好！我狐疑地望著他，我疑惑是不是自己聽錯了，這個皮膚黑黑的小男孩，是他嘴裡發出的聲音嗎？他怎麼會管我叫出中文大嫂呢？正納悶間，那個女孩也學著男孩的字音脆生生的叫了一句，大嫂好！原來

他們均為嘉墨比二娘所生。是嘉墨比同父異母的弟弟和妹妹。

　　我一左一右立刻擁住兩個可愛的孩子，心頭不禁滾過層層熱潮，正不知如何是好，我猛然又看到了那個長工的身影，他躲在別墅外的門側，似在偷聽我們的談話，好像還在窺伺我們的行動，我心中陡地升起一股煩躁，我打定主意，決定必須找個機會責問他一番，問問這傢伙為何老是鬼鬼祟祟地盯著我，到底有何居心。我用力咳嗽了一聲，又用力咳嗽了一聲，意在提示他我已經發現了你，還是趕快離開吧。但那傢伙根本沒有領會我的用意，仍堅守在門側。我一面側耳傾聽著外面的動靜，一面芳語漢語參半地問嘉墨比的弟弟和妹妹，弟弟妹妹，你們家的那個長工你們認識嗎？我故意把聲音說得很大，兩個孩子用混合雙語爭搶著回答，認識認識。我繼續詢問，那，他叫什麼名字？他叫科科庫。我指著自己的腦子，他是不是精神有毛病啊？不是，他只是有點傻，其實他也不傻，他只是口吃，但他特別害怕別人說他傻。男孩又重點強調了一句，他害怕找不到老婆。

　　外面傳來輕輕離去的腳步聲。

　　哦，原來科科庫挺自卑的啊。

　　自卑……莫非自卑與他的鬼祟行徑有著某種必然的聯繫？不過也不對呀，你既然不傻，既然精神上沒什麼毛病，當然不可能真有毛病，否則嘉墨比家也不可能雇傭他作長工，那麼你為何總是對自己主人家的尊貴客人如此無理？難道……難道他對我產生了某些非分之想？要知道科科庫已經二十多歲了，一個二十多歲的健康的大男孩，身邊似乎又從未走近過女孩，他心裡一定對女孩子擁有著許多美好的幻想，呵呵，似乎更不對了，似乎想歪了，他可以對同族的任何女孩產生幻想，怎麼可能對我產生幻想呢？那，他到底是為了什麼？真是想不明白，想不明白的時候，我就開始在心裡閃過科科庫曾經偷窺我

的一個個景象，我把那每一張一張的大黑臉統統翻出來，逐一對照，我立刻發現了一個共性，即那每一張臉都是非常膽怯的，那每一次的眼神都充滿著無限的渴望，啊，渴望，對，就是渴望，一定是渴望，然而，像他這樣的，生活在加蓬社會非常底層的，又被幾乎所有相熟的人都看做有些弱智的人，他對我會心存什麼渴望呢？

多日的謎團終於在這個下午解開。

午後，我站在自己的窗前，我是故意站在窗前的，我裝作觀看院落裡的棕櫚樹，而實際上我一直在留意著科科庫，因為我知道，根據習慣，科科庫應該在這個下午，騎上嘉墨比家的電動三輪車，前往穆伊拉州，他每隔三天就要為主人家採購一次膳食用品以及日用雜貨。果然，不久，科科庫的身影就從別墅的側面出現了，我依然面對著那棵棕櫚樹，但我眼角的餘光卻始終注意著他，我看見科科庫剛一拐進院落，他的那張大黑臉就不由自主地朝我這面窗口扭過來，我不失時機地也將面孔扭向了他，科科庫看到我發現了他，唰一下把大黑臉低下去。我忍俊不禁，伸出手掌，對他嗨了一聲，並將手掌對著他猛搖了幾下，科科庫聽見了，看見了我在對他搖手，那雙白燦燦的小眼睛突然冒出了兩道狂喜的光。

我快速地奔出別墅，坐到科科庫的車上，科科庫太驚喜了，以至於一直停在院落裡，老半天說不出話，直到我告訴他，我想跟他去穆伊拉州，他這才小心翼翼地發動車子。我知道他很膽小，或者說只是很害怕我，因此我早就想好了如何與他套話。待車子駛出蘭巴韋，我開始和科科庫說話，我誇讚他，用我所知道的芳語中一切讚美人的詞句，我對他說，其實他是一個很棒的人，我聽嘉墨比的親娘和二娘都這麼在背後說，說他辦事細心精明，他去穆伊拉州採購，每次都能買到既新鮮又便宜的蔬菜……漸漸的，科科庫果然不再膽怯了，也開始說話了，科科庫不膽怯的時候，居然能跟我講出

很流利的芳語，而且更奇怪的是，他一字一字地語速很慢地跟我講出的芳語，我居然全都理解了，原來這個加蓬穆伊拉州極其普通的一個大男孩，心底裡竟一直存放著一個很強烈很強烈的願望，那就是要跟我學說幾句中文！他說，在蘭巴韋，無論大人小孩，男人或女人，每個人都能夠秀幾句中文，而唯獨他，雖然一直做著嘉墨比家的長工，與嘉墨比共處的時間最長，卻一句中文都不能秀，你還能怨懟村民們說你傻嗎？

　　哈哈哈……原來科科庫竟如此可愛！

五

　　嘉墨比家的別墅坐落在蘭巴韋鎮邊，是整個蘭巴韋最闊綽也最顯眼的房子，甚至比酋長家的房子還要闊綽很多。別墅雖然全為木質結構，但共設有三層，總面積應該在280平米以上。平時，在這所偌大的別墅裡一般就只有四人，即嘉墨比的親娘、二娘、科科庫和我，所以一般情況下都比較祥和而寧靜，只有到了月末的雙休日，才可能會突然人氣飆升，因為那個時候嘉墨比的老爹往往要回來，嘉墨比也可能會回來，嘉墨比二娘的那一雙兒女則肯定要回來。加蓬的農業不是很發達，耕地面積不到全國土地面積的2%，因此加蓬的糧食、蔬菜和肉類均不能自給，糧食60%需要進口。而作為穆伊拉州郊外的一座普通小鎮的蘭巴韋，和全國的形式基本沒有什麼不同，在嘉墨比很小的時候，他親娘曾經侍弄過幾分田地，種過可可、咖啡和木薯，後來隨著嘉墨比老爹傢俱生意的日益興隆，他親娘乾脆放棄了那幾分薄地，再後來，一直到嘉墨比老爹娶來了二娘和三娘，嘉墨比家也都從未再從事過任何農業耕種。因此，嘉墨比的親娘和二娘基本就是蘭巴韋的閒人。

　　嘉墨比的親娘很會招待客人，這不僅僅表現在家庭飲食上，更表現在平時的家長裡短上，自從我作為她兒子的未婚妻來到她家，每天從早到晚，她幾乎至少拿出4－5個小時來陪伴我，而且，可能是因為，她兒子是個地道的中國通的緣故，這個加蓬農村的普通婦女，居然能夠流利說出許多許多的中國話，她能夠用明明白白的中文向我介紹蘭巴韋，介紹穆伊拉，介紹利伯維爾，介紹她所懂得的加蓬。這也讓我倍覺這個家庭的親切，倍覺這所本來空落落的別墅的溫暖。但是時間剛剛步入5月份以來，情形卻驟然間產生了180度的大轉彎，整座別墅裡突然彌漫起一種莫名其妙的神秘氣氛，首先是嘉墨比的二娘不跟我說話了，她甚至是在有意躲避我，那緊張的神情好像她很害怕和我說話，很害怕見到我一樣，而一旦無法避開，必須碰面，比如吃飯的時候，她的表情看上去則總是顯得十分尷尬。進而，我很快發現，其實嘉墨比的親娘實際上也已經如此了，她很少再來我的房間，即便偶爾不得不來上一回，她的屁股也不會坐在某處座位上，只是站著，看看，對我露出那應該有的友好的笑。這究竟是怎麼了？難道是我把什麼事做錯了，以致令她們不高興，甚至生我的氣了？

　　閑待下來，我不得不胡思亂想，我歷數著住進嘉墨比家後自己的所有言行，尤其是進入5月份以後的言行，但無論我怎麼思考，我根本就找不出做過什麼或說過什麼能令嘉墨比親娘產生對我的變化，難道僅僅是由於我跟隨科科庫去穆伊拉嗎？可那不是我擅自出玩的呀，我事先已經跟嘉墨比親娘請求過的呀，而且即便就是因為此事，率先不高興的也應該是嘉墨比，而不是他親娘，可嘉墨比在電話裡卻從未跟我提及過此事。思考的最終結論，我認為問題不可能出現在我自己身上，而最大的可能還應該在嘉墨比那裡，對，一定是在嘉墨比那裡，只有他才能夠決定家裡的其他人對我的態度，

那麼嘉墨比那究竟發生了什麼？噢……我轟地一下子似乎有點明白了，是不是嘉墨比做了什麼對不起我的事？以致他親娘和二娘才有了5月份以來的變化，可嘉墨比能做出什麼對不住我的事呢？難道他移情別戀？他戀上了誰？啊！是邁塞勒，就應該是邁塞勒呀，不是那個小妮子還能有誰？到了此刻我才恍然意識到，邁塞勒差不多已經有七八天沒來過嘉墨比家了，一定是這小妮子偷偷地跑去了利伯維爾，說不定這兩個傢伙現在正在一起鬼混呢！不行，我要立刻質問嘉墨比。

我給嘉墨比打電話，電話通了，嘉墨比顯得十分興奮，張口就說，寶貝兒，我好想你，你也想我了吧？不過，我想，我們真的不用急，就快了，我們用不了幾天就再不用分開了。嘉墨比的話讓我聽上去覺得很唐突，我不知如何是好，還問他嗎？能問出什麼？如果邁塞勒真的在他那裡，他真的已經移情了邁塞勒，那我還有什麼必要待在加蓬？我甚至都不應該和他爭吵，和他生氣，和他理論，生氣也應該在自己心裡，那是人家的民俗啊，即使我不能接受，我當然不能夠接受，難道我萬里迢迢趕來這裡，就為了要二女、三女……甚至N多女人共侍一夫嗎？我當然不是，可我也沒有權力指責人家，更沒有權力以一己之力改變人家的傳統啊。

但我有權力弄明白事情的真相。

我必須要弄明白真相，否則我就無法安心，我下定了決心，等到那一刻真是那種情況，我就像我開始說的那樣，和所有的人不辭而別，悄無聲息地離開蘭巴韋，離開穆伊拉，離開加蓬，而且永遠都不再回來了。想到這我開始思謀著，我該如何弄明白事情的真相，從哪裡能得到事情的真相。嘉墨比親娘二娘那裡顯然不可能，透過她們對我最近幾天的表現，她們不會告訴我真話，否則她們也不會時時處處有意迴避我，那麼在這個陌生的國度，在蘭巴韋我還

能找誰呢？我只有去問邁塞勒的老爹，直接問那位酋長大人。我最好再有個嚮導，有了一個合適的嚮導，行走在蘭巴韋的村街，出入哪個陌生的家庭，才會顯得方便了許多，自然了許多，同時也快捷了許多。我別無選擇地挑中了科科庫。

六

許多時候，無論是傻貓、傻狗，甚至是傻人，我自然不是指很傻，只是他們不夠很睿智，是那種憨態可掬的樣子，他們就會顯得非常可愛，因為和他們相處，你不僅會時時產生自信的優越感，你還會覺得他們給你帶來的永遠是安全。科科庫就是屬於這種人。

科科庫跟我學說中文大約有一個多星期了，一個星期中，只要我們見了面，我就會相當認真，相當耐心地教他幾句，但是可愛的科科庫前5天都一句不會秀，他甚至都不能秀出「上午好，下午好」這樣如此簡單的見面語。科科庫的樣子顯得非常焦急，我時常聽到他一個人躲在某個背人的角落幾十次上百次地練習，然而科科庫確實有些笨，往往剛剛從我這裡離開，還能夠比較準確地發出字音，而練著練著就完全走樣了，他會把「上午好」的聲音奇怪地發成「向上跑」。我不敢在科科庫面前露出半點嬉笑，生怕擊垮了一個純潔的靈魂，我改變了方式，教他說另外的短句，我教他說「我聰明，我很棒」，而且先用通俗的芳語給他解釋清楚字面的含義，然後伸出大拇指，很形象地告訴他「我－很－棒」。科科庫真的學會了這三個字，我看見學會「我很棒」的科科庫，再走在嘉墨比家的院子時，他的那顆大黑頭常常老高老高地揚起來，仿佛他的個子也高出了一截，後來，科科庫都能在「我很棒」後面巧妙地加上一個「的」字了。

「我很棒的！」科科庫對我說，他說他去過酋長家，他很願意帶我去酋長家。科科庫自豪地走在我前面，蘭巴韋鎮街上的村民看到了這一幕，人們不由得把非常欣羨的目光紛紛投向科科庫，竟有人好奇地追趕著詢問我們，科科庫，你陪中國客人去哪啊？科科庫就倨傲地芳漢雙語參半說，上午好！我們去酋長家，我很棒的！科科庫突然之間就能夠秀「上午好」了，這簡直是一種奇跡，我對科科庫高高地挑起了大指。科科庫一直高挺著胸脯走進了蘭巴韋的酋長家，恐怕這在他有生之年還是頭一次。一進院子，科科庫就大聲的朝著低矮的木房子裡喊，酋長，酋長，科科庫的芳語也流利起來，中國客人來拜訪你了。酋長的臉在玻璃窗上閃了一下，接著很快就打著赤腳從房子裡跑出來，一面跑，還一面不停地對我寒暄著。科科庫不失時機地插上了一句，上午好！酋長。酋長驚訝地看了科科庫一眼，科科庫立刻又跟上了那句，酋長，我很棒的！

賓主落座，我直接說明了來意，本來我不想這樣的，這樣多少顯得缺乏禮節，酋長大人一直把我敬若上賓，還送過我那麼珍貴的禮物，我想和酋長多攀談攀談，但我的芳語能力實在有限。酋長見我開門見山，直接談到了他女兒，他的表情倏忽間曖昧起來，眼光也漂移起來，但酋長的語氣卻十分堅定，他深埋著頭顱，目光散淡地似乎在盯著自己的赤腳，腳趾們好像都麻木了一樣，不停地急切地搓動著，他忽然抬頭觀察了我一眼，像補充，又像強調，他說，對，邁塞勒沒去利伯維爾，她沒有去找嘉墨比，她去庫拉穆圖州她朋友那了，酋長強調完居然對我粲然笑了笑。這粲然一笑無疑等於告訴了我，他在說謊，他在騙我，邁塞勒就是去利伯維爾了，她如今就和嘉墨比在一起。看這幅陰險的老嘴臉多麼無恥！甚至是無賴！虧我還一直把他當作誠實忠厚的長者，他竟幫著他的女兒，用一種近乎於無賴的手段搶奪那本來屬於我的「丈夫」。但我說過，

我不能生氣，生氣也應該在自己心裡，我也對酋長粲然笑了笑，說聲打擾了，起身告辭！

我感覺遭受到了前所未有的凌辱。

重新來到蘭巴韋街上，我再也抑制不住自己的情感，眼淚無聲地唰唰地湧出來，我走得很急，幾乎是一路小跑，我擔心街上的村民發現一個中國女孩失意的窘迫，於是，我咬了咬牙，把一臉的苦楚瞬間全部吞回肚子裡，隨即放緩了腳步，等待身後的科科庫。科科庫很快趕上來，這個有點傻的男孩居然察覺了我的反常，甚至感覺到我可能是遇上了麻煩，他的大黑頭不再高高地上挺，而是低低地垂向胸口，仿佛是他犯了錯誤，是他給我製造了麻煩似的，他結結巴巴的，用嚴重口吃芳語急切地向我表達著他的想法，他說……可是他在說什麼呢？我一點兒也聽不懂他的口吃芳語呀，我急得一個勁地搖頭，科科庫急得團團轉，科科庫轉著轉著，突然蹲到地上，伸出手指開始在地上畫起圖畫來，我看見他畫了一條公路，畫了一輛公共汽車，畫了一排一排的傢俱，最後又在傢俱旁邊畫出三個人，一個男的，一個女的，女的身後又一個男的，我忽然有所領悟，指著地上的女的，又指指我自己，用芳語問科科庫，你是說要陪我，我們坐車去穆伊拉？去找嘉墨比的父親？

科科庫的大黑頭雞啄米一樣頻頻點起來。

七

穆伊拉州是恩古涅省的省會所在，在加蓬的確屬於比較大的城市，但如果放在我們國家，充其量也就相當於一個普通的縣城。嘉墨比父親是這一地區頗有聲望的商人，幾乎人盡皆知，有著相當不錯的口碑，當地人送給了他一個非常響亮的綽號——傢俱大王，據

說他經商的成功理念就兩個字——誠信。來到加蓬，我見過嘉墨比父親一共5次，第一次是在利伯維爾機場，是他驅車前往那裡接我和他的兒子。那時候，我心裡除了懷著初臨異國的無比興奮，更多的就是一種揮之不去的恐懼，我恐懼嘉墨比父親，他畢竟是我未來的「公公」，我不知道該如何與一個商人「公公」打交道，不知道他長什麼樣子，是不是比嘉墨比還要黑，他威嚴不威嚴，凶不凶，嚇不嚇人，刻薄不刻薄……我忐忑地由懸梯上走下來，我都有點兒不敢往機場出口的那個方向走，不敢正眼朝那裡觀瞧，生怕那個大名鼎鼎的商人看不上我，進而生了他兒子的氣，再進而給我們擺出一幅冷冰冰的面孔，甚至更嚴重些，盛怒之下他會不會拉著他兒子一走了之？把我一個人，孤孤零零地拋在這陌生的異鄉國度？

當然，你早就猜到了，這些全是一個女孩當時的杞人憂天，全是因為她太愛她未來的「老公」了，而過分緊張，而產生的不必要的擔心。我低著頭，緩緩地走著，這時我突然聽見依稀有人高呼我的名字，我有點不敢相信自己的耳朵，是的，在這完全生疏的加蓬，完全生疏的利伯維爾，有誰會認識我呢？更不會有人知道我的名字啊。但那高亢而激動的喊聲，似乎早就期盼已久的喊聲的確真真切切地存在，正源源不斷地從機場出口那裡傳過來，杭杭——杭杭——杭杭——沒錯就是有人在喊我的名字，我惶惑地抬起頭，邊走邊尋看，我看見一個黑燦燦的小夥子，踮著腳，前傾著身體，正在對著我和嘉墨比高高地搖動手臂，近了，看得比較真切了，那個人的確比嘉墨比還要黑，但年齡仿佛比嘉墨比大不了幾歲，難道他就是嘉墨比的父親嗎？早就定好的，由他父親親自接我們呀。快接近出口了，我看見那個人急切地推開工作人員，差一點就衝進來，但工作人員最終還是把他阻在了外面，他像個孩童似的蹦著腳，繼續喊叫我的名字。嘉墨比這時突然興沖沖地對他叫了聲爸爸。啊，

原來他真的是嘉墨比的父親。嘉墨比父親向我深施一揖，迅速從我手中奪過行李箱，連聲謝謝！謝謝！他用的是我們的漢語，他說，他非常感謝我，感謝一個中國尊貴的女生能夠不遠萬里蒞臨加蓬，感謝我能夠屈嫁給他的兒子，這是他家祖祖輩輩的榮耀。

是的，我就是嘉墨比的榮耀，是嘉墨比父親的榮耀，是他家祖祖輩輩的榮耀，是他們蘭巴韋小鎮的榮耀。但是，既然是榮耀，你們為什麼還要如此待我？難道僅是由於你們擁有一夫多妻的傳統風俗嗎？可如今你們城市的現代婚姻不也是一夫一妻嗎？更何況，你們既然選擇了我，選擇了一個中國的女孩，難道你們就一點也不考慮我們中國的風俗嗎？難道……難道你們就永遠因循守舊、落後愚昧，永遠那麼原始不開化嗎？看看，就看看你的兒子吧，虧他還在中國學了那麼多的文化，看看，也看看你自己吧，還被稱為什麼所謂的成功商人，據說還差不多遊歷了整個全世界，狗屁！純粹是個狗屁！充其量不過是個土財主，永遠也就是個土財主！我忿忿的，難以抑制胸中積鬱已久的憤懣，我在心裡忿忿地質問嘉墨比父親，邊走邊罵嘉墨比父親，不知不覺中我竟然發出了聲音，演變成一種自言自語的咒罵。科科庫一直默默地引領著我，但是我似乎完全忘記了他，絲毫沒有感覺到，我竟然已經跟隨著他，走進了一家偌大的傢俱賣場。

嘉墨比父親的賣場確實很大，應該有幾千平米了，一進門就給人一種豪華的高檔氣息感，首先是一個寬闊的大展廳，很藝術地擺放著各種沙發、茶几、電視櫃、床鋪、衣櫃等，裡面分隔出許多種特色套展，即都是按照現代人的生活習慣，現代人的喜好，設計出的整套居室傢俱，完全體現居家人的個性風格。據說，在加蓬，就連利伯維爾的一些市民，在遷居新家的時候都到這裡來購買傢俱。科科庫以前來過這裡，他對這裡很熟絡，直接

帶著我穿過主廳，朝後面走去。我知道科科庫是要帶我去見嘉墨比的老爹了，這應該是我第6次見他，以前的幾次，除了利伯維爾機場，都是在他們的老家蘭巴韋，我早就已經熟悉了這個人，早就不再怕他了，他在我面前從不把自己扮成長輩，待我就如同個大哥哥，他非常關心我，每次都以開玩笑的形式對我噓寒問暖，唯恐我不習慣熱帶的一切。

　　不知怎麼，突然之間，我竟又不想見他了，見了他又怎樣？難道我就真的沒鼻子沒臉質問他一番？訓斥他一頓？那又能如何？該離去的總歸都要離去，何必再搞得不歡而散，你總不能硬逼著人家挽留。我猶豫著，腳步趑趄不前，我叫了一聲科科庫。可就在這一瞬間，我猛地發現了嘉墨比的弟弟妹妹，就是他二娘所生的那一對兒女，這兩個孩子高聲喊著大嫂，雀躍著向我撲過來，我也迅速迎上去。他們激動地問我，大嫂，你是來看我倆的嗎？我們剛好中午放學，得虧爸爸今天去了利伯維爾，由我三娘照看賣場，否則我們就錯過了這次見面的機會。我正好順語答音，你們是說，你們的爸爸今天不在這裡？兩個孩子剎那閃過了一絲失望，噢，原來大嫂是來見我們的爸爸的，但說完這句馬上又高興起來，小妹妹繼續問，大嫂，你來找我們的爸爸一定有事吧？我對她含混地不知是點頭還是搖頭。她哥哥突然眼睛一亮，對了，我想起來了，那天我聽見大哥給咱爸打電話來，好像叮囑咱爸，說如果大嫂問起邁塞勒姐姐的事，千萬不要把她前去找大哥的事告訴大嫂，大嫂你是來問這事的嗎？我的胸口咚的一聲，仿佛遭人重重擂了一拳，我怔在那裡。兩個孩子驚訝地問，大嫂大嫂，你怎麼啦？

　　……

八

　　我沒怎麼，我不能怎麼，但我能夠離開，我想，這個下午，就應該是我離開蘭巴韋，離開穆伊拉的時候了，這是五月的某天下午，天氣剛好如此宜人，沒有風，天空中漂浮著幾大團棉絮一樣潔白的雲朵，氣溫也很舒適，26℃，剛好是加蓬全年的平均溫度。我的心情出奇的平和，我沒有怒，沒有氣，沒有任何的責怨，只當來到一個陌生的熱帶風情的國度，做了一次近百日旅行，而如今正是我旅程結束的時刻，一個遊客該打點行裝回家的時刻。我像住旅館，現在終於要離開這家旅館了，我關起門來，細細地檢查自己的東西，從每一件衣服，到平時自己使用的每一件物品，我不想把任何一件小小的東西丟在這家特別的旅館，我打開行李箱，有條不紊地一件件往裡面擺放，我把來時由杭州買的牙膏和牙刷都塞到了裡面。在面對那個掛有「鼻骨」耶穌項墜兒的銀項圈時，我顯出了猶豫，我不知道是把它帶走，還是該把它留下來，但最終還是把它裝進了旅行箱，我想我與加蓬之間並沒有不可調和的矛盾，更沒有民族仇恨，那件禮物就權當是兩個民族之間的一點兒友誼見證吧。可來而不往非禮也，我給這裡留下什麼好呢？杭州的特色產品，我隨身帶來了兩個，一個是「西湖龍井」，只是飲品，喝了就什麼都沒了，另一個是由蠶絲做成的紗巾，對，我就把這條紗巾留下來吧，留給邁塞勒，作為一段特殊的紀念，也算回了酋長大人的情分。於是我快速寫下一張紙條，連同那條紗巾一起十分鄭重地放到櫃子上。

　　嗯，該走了，我抓住旅行箱的拉手，最後又環視了一遍整個房間，我的視線停留在視窗，停留在院子裡那幾棵筆直高大的椰子樹

幹上，陽光很明媚地照耀著它們，哎呀，現在走，是不是有些早了呢？就這樣大搖大擺地走出去，一定會被嘉墨比親娘、二娘或科科庫發現，遇到她們，自己還能順利地離開蘭巴韋嗎？還是稍等等吧，等她們都進了廚房，都在忙自己的事，我再悄悄地離開這所別墅，只要出了蘭巴韋，登上西去穆伊拉的公車，再乘上前往利伯維爾的火車或長途汽車，趕到機場，也許明後天我就可以回到杭州了。我正這樣想著，決定著，突然傳來輕輕的腳步聲，是嘉墨比親娘的腳步聲，腳步聲一直來到我的門外。我趕快迎過去，我不能讓她進房間，否則一切都將可能變成另外的樣子。我打開門，閃身來到門外，嘉墨比親娘立刻遞給我一件東西，她說有我一封快遞郵件，上午就來了。我連忙接過來。嘉墨比親娘還是那副有些尷尬的樣子，藉故她該要做飯了，就腳不停留地下樓了。我目送著她消失在樓梯口處。

　　重新回到房間，關上門，我雙手拿著郵件，我不能全部看懂上面的文字，只能大體判斷這是一封來自利伯維爾的快件，利伯維爾？我在利伯維爾不認識任何人啊？也沒有人認識我啊？是誰給我發來的快件？這封信很厚，沉甸甸的，我打開它，哇，居然還是法語和中文雙語所列印，是來自一家叫做「中加橋公司」的公函，首頁居然是一張該家公司中國聯絡部部門經理的聘用合同書，上面還有我的名字！我簡直驚訝到了極點！是不是誰搞錯了？這一定誰搞錯了！中加橋公司……中加橋……不熟悉，一點印象都沒有，從來沒有聽說過，什麼意思？我翻看後面有關該公司的說明，該公司既定於2008年5月8號開業典禮，5月8號？啊，5月8號豈不是後天，難道該公司還沒有開業嗎？公司大體的意向是，隨著中加貿易合作的不斷發展，許多物美價廉的中國商品正在豐富著加蓬各地的市場，在利伯維爾就有一家規模較大的華人超市，生意較為興隆，但目前仍有許多加蓬的商人對中

國缺乏足夠的瞭解，甚至有些個別動機不純的外國商人趁機造謠，宣揚說中國的商品品質很差，造成加蓬各地很多商人都從歐美商人手中花很高的成本進貨。「中加橋公司」就是要在加蓬各地的商人當中進行廣泛宣傳，使他們瞭解中國，瞭解中國的商品，打消他們的顧慮，「中加橋」即在中國與加蓬之間搭建一座貿易的橋樑，互盈互利。而我作為中國人，又懂得一些加蓬民族的芳語，是最合適出任該公司中國聯絡部部門經理的人選。啊，這家公司的創意真可謂聰明至極了！可是……可是他們是如何得知的我呢？

難道是嘉墨比把我介紹給他們？

我想到嘉墨比的時候，加蓬的太陽已經西沉，我又看了一眼嘉墨比家的院落，樹幹上的陽光已經不再那麼刺眼，我突然看見樹底下不知啥時竟多了一輛轎車，墨綠色的，那麼熟悉，啊，它不是嘉墨比的車嗎？難道是他回來了？他什麼時間回來的？提前為何不給我打個電話？既然回來了，為何都不來看我？哼！好小子！想必是與邁塞勒雙雙對對回來的吧？怎麼，喜新厭舊也不必這麼急嘛！我再也不顧什麼矜持，把那封聘用合同書順手塞進口袋兒裡，一把拉起旅行箱，砰一聲打開門，迅速朝樓梯走去，我就要大搖大擺地離開嘉墨比家，怎麼樣？看你們誰敢攔我？看你們誰還有臉來攔我？我怒氣衝衝地來到樓下，一眼看見嘉墨比以及他的親娘和二娘，這三個人聚在客廳裡，兩個娘親正在聽兒子小聲而躊躇滿志地談論某件事情。三個人同時發現了我，不約而同地由沙發上站起來。

兩個娘親立刻面現難堪。

嘉墨比滿不在乎地迎過來，他還嬉皮笑臉吶，他說，怎麼，寶貝，你已經猜到了我要來接你？我不理睬他，鄭重地對他親娘和二娘深施一躬，算是答謝她們這許多日子來對我的照顧，也算與她們作最後的告別，然後面色板板的繞過嘉墨比，急匆匆地向外面走

去。嘉墨比追出來，他的兩位娘親也追出來，他親娘焦急地在我背後嚷，孩子，嘉墨比沒有對不住你，他想給你製造驚喜，他就是那樣的人。嘉墨比幾步衝到我前面，一把奪下我手中的旅行箱，到了這個時候，他還有心情嬉笑，他調侃我，寶貝兒，是不是去利伯維爾？想回國？啊哈，那正好，讓我來送你。還不等我辯駁，不等我做出什麼反應，這個傢伙，這個無賴，竟無恥至極地將我的旅行箱扔到轎車的後車箱裡，並碰一聲把它鎖起來。他拉開車門，一隻手搖著鑰匙，另一隻手擺出「請」的姿勢，口中繼續嬉笑，我尊貴的老婆，您請！請就請，我心裡想，怎麼，你以為我不敢？反正我是要去利伯維爾。我怒視他一眼，朝車內走去。這時，我突然看見一個靚麗的女孩恰巧出現在別墅的門外，女孩一身現代大都市的時尚打扮，停在夕陽的光線裡，就像一株亭亭玉立的黑牡丹，那麼耀眼，那麼迷人，啊，那不正是邁塞勒麼……

九

是！是在給我製造驚喜！邁塞勒多漂亮啊，天底下少見的美女呀，看看你的寶貝兒子，多能啊，一塊兒就要給你領進來兩個兒媳，而且一個比一個漂亮，如果我真的做了嘉墨比的正房，那麼現在能娶到一個如此美豔動人的二房，這還不算驚喜？當然要算驚喜了，但可惜那不是我的驚喜，只是嘉墨比的驚喜，只是你們加家的驚喜呀。

我坐在轎車裡，邁塞勒坐在副駕駛位置，看著他們一路上談笑風生，我在後面冷冷的笑。轎車風馳電掣般西行，加蓬的路況並不是很好，不時產生幾下強烈的震動。我也學會了奚落人，我何必要那麼失意？那麼沮喪？像個落敗狗似的，我嘲諷嘉墨比，我說，嗨，新郎官大人，小心樂極了生悲，我可不想陪你們一起支離破

碎，我還想回國看奧運呢。邁塞勒回過頭來，對我嫵媚的笑了笑，這種媚笑，簡直令人噁心得欲嘔，我同樣不客氣，夾槍帶棒的揶揄她，邁塞勒，邁大小姐，你選錯目標了，你應該把笑拋給他，我一揚下頷，指向嘉墨比。嘉墨比也回了一下頭，鬼鬼的樣子，他對邁塞勒說，怎麼樣，你看看，我的杭杭老婆可愛不可愛？可愛，確實可愛，太可愛了，兩個人一齊哈哈的大笑起來。

他們倆繼續說笑。

我惡從心起，不再說話，盼望著儘快趕到利伯維爾，我想我應該找一家離機場較近的旅社，很好地休息一夜，嗯，也許只有多半夜，我還不知道穆伊拉距離利伯維爾的準確車程，即使半夜也可以了，我養足精神，明天上午就辦好一切相關手續，下午或者傍晚說不定就能登上飛機，我開始想像眼下北京的奧運氣氛已經非常的濃郁了，應該到處都能看到迎風飄揚的五環旗幟了，好運北京，同一個世界，同一個夢想，我是炎黃的兒女，龍的傳人，我真誠地祝福，期望勇敢而智慧的中國龍能在世界上所有的角落高高騰飛！

哦，終於到樹影婆婆的利伯維爾了。我命令嘉墨比把我帶到機場附近的某家旅行社，嘉墨比爽快地答應了一聲，好的。轎車繼續在利伯維爾的街道上穿行。早就聽嘉墨比和嘉墨比親娘向我介紹過，說「加蓬」一詞據傳是由葡萄牙人所穿的一種服裝演變而來，那是大約在15世紀的時候，葡萄牙人在加蓬沿海登陸，發現戈莫河口，即如今加蓬河支流的河口，其形狀非常類似葡萄牙水手當時所穿的一種叫作「卡邦」的服裝，於是就把此河口稱作「卡邦」，後來音譯演變成加蓬，當時只是指河口兩岸，直到很多年後，才把整個國家稱之為加蓬。而坐落於加蓬河口北岸的利伯維爾，早在那個時候，它還只是西方殖民者從事罪惡貿易的一個很不起眼的地方，1839年一位名叫布埃的法國船長，偶然發現這裡其實是一個非常理

想的建立商站的好地方，於是便用極其低廉的代價，騙取了加蓬河口兩岸大片土地的主權，為了掠奪加蓬豐富的自然資源，1846年，一座殖民者的商業城鎮在加蓬河口北岸建立起來了，這便是利伯維爾的前身，1849年，法國人在附近截獲了一艘偷販「黑奴」的巴西船，把船上的黑人安置在這裡，於是，布埃便給這個城鎮起了個時尚的名字──利伯維爾，其實就是自由之意。

　　如今的自由之城，西北面有延伸的海濱，東面有起伏變幻的丘陵，南面有溝通內陸的加蓬河，加上宜人的熱帶海洋氣候，早就成了世界著名的旅遊聖地，每年都吸引來世界各地成千上萬的觀光遊客。這裡沙灘開闊，浴場清澈，椰林海濱，到處都是雅致的別墅，高大豪華的酒店。首都和商業中心更是大樓高聳，建築成群，商店林立，而且完把熱帶風情同高大的現代化建築有機結合，構成了一幅幅絢麗多姿的畫面。其實，我心裡一直癢癢的，我早就期盼著一飽眼福，全方位地遊覽一遍利伯維爾，我曾經向嘉墨比央求過許多次，可嘉墨比每次都是說，寶貝兒，會的會的，不過不是現在，將來肯定會讓你滿足，就怕你每天都待在利伯維爾──那根本不能與北京相比──你會厭煩的。聽聽，真的不知道這個鬼傢伙在耍什麼花樣，聽那口氣，好像將來要把我變成利伯維爾市民似的。

　　轎車上了著名的邦戈凱旋大道，一時間我似乎忘記了自己的不快，我目不暇接地觀看著道路兩側的風景，我在尋找利伯維爾標誌性建築之一的宏偉壯麗的議員大廈，因為嘉墨比說過，那是由中國援建的大廈，我內心不由得浮動起一股股的自豪感。啊，看到了，終於看到了，它巍峨聳立於利伯維爾政府各部門的辦公大樓之間，哇，那果真是凱旋大道上一處最亮麗的風景。嘉墨比這時好像故意放緩了車速，他沒有說話，邁塞勒也不再說話，他們好像知道我此刻正在感觸頗多地欣賞中國人在此的傑作。轎車緩緩地駛過

去，我不知道他們要把車開到哪，我密切注視著道路兩側的路標，不多時，轎車拐上了獨立大街，這是加蓬首都商貿中心大街，我看了一眼手機上的時間，剛好是晚上10點，獨立大街的夜生活正好步入闌珊，五彩斑斕的霓虹燈影中，無數閒庭信步的遊客正在遊覽和購物。轎車這時奇怪地開到一座高高的寫字樓下嘎然停止，我正狐疑他們為何要把車突然停在此處，因為此處離利伯維爾機場還有相當遠的距離，邁塞勒奇怪地拉開車門，這小妮子又對我笑了笑，不過這一次不是媚笑，而是非常詭譎地一笑，她瞟了一眼身邊的嘉墨比，說，嫂子，明天見！她的身體遲疑了一下，沒有立刻下去，厚嘴唇誇張地外翻一下，補充說，嫂子，如果今夜他再欺負你，你……你就把他的嘴唇咬爛，看他明天怎麼面對那麼多人！啊，她居然不管我叫姐姐，而改叫嫂子了。這其中難道有什麼隱情？

嘉墨比沒有把我送到利伯維爾機場附近，而是強行把我拉到了緊挨海濱的一個高層住宅社區。我無法猜測這個一向狡點的傢伙還要耍什麼伎倆，但我確實毫無辦法，我不能懼怕，怕也沒用，既然他已經停車，我就必須要下車，我相信嘉墨比還不至於將我賣掉。我默默地跟隨著他，走向一幢高高的樓房，我仰頭望去，憑感覺，這幢樓房應該在40層以上，莫非他把我帶到這裡，是想讓我在此居住一晚？據實講，我還不曾住過這麼高的房子，尤其是毗鄰大西洋的岸邊。社區的靜謐超出所有人的想像，你走在甬路上，除了自己輕輕的腳步聲，耳邊縈繞的似乎僅有大西洋輕音樂般的細浪聲，社區的草坪燈影綽綽，我想像著，不知道從40層以上的窗戶向下張望，這些排列有序的草坪燈像不像深邃夜空中的星斗，而如果在黃昏，瞭望浩瀚無際的大

西洋，那落進水面的太陽，又似不似一盞小小的燈呢？

　　嘉墨比這時候顯得很急切，腳步輕盈而迅捷，他拉著我的旅行箱，一面走，一面不住地催促，他說，哎呀，寶貝兒，你能不能快點？我們早就盼著這一天，現在這一天終於來了，你怎麼反倒磨磨蹭蹭啦？你想得美！我狠狠地瞪了他背影一眼，是，我是早就盼著這一天，可是，我盼的是什麼？是和他堂堂正正地走進教堂，是和他結婚，和他組成一個幸福的人見人羨的跨國家庭，而不是做他的N多寵妃之一。我緘口不語，悻悻地尾隨他走進樓門口，走入電梯，我瞥見他的手指飄逸地摁了一下36，電梯迅速地升起來。36層眨眼間便到了，嘉墨比一直鬼鬼地望著我，一手拉起旅行箱，一手緊緊拽住我，我們來到36－01門前，嘉墨比從口袋裡掏出鑰匙，非常嫻熟地打開房門。哇！這裡是哪，是哪個杭州人的家嗎？我簡直被眼前亮麗的大房子給驚呆了，房子似乎剛剛裝修完不久，三室兩廳，足足有140平米，氣派豪華，裡面的諸多裝飾，看上去非常類似我們杭州的某些人家，尤其是起居室中那幅寬大的壁畫——雷峰塔、湖面、斷橋、白娘子和許仙……我看著壁畫，怔怔的，呆呆的，一瞬間仿佛突然蕩舟於親切的西湖中。嘉墨比這時悄悄從身後抱住了我，他的嘴唇開始在我脖頸間輕輕蠕動，急促的鼻息吹進我的身體裡，吹動了我身體中凝結已久的液體，我猛地轉過身來，緊緊摟住他，我們瘋狂地親吻，沒完沒了地親吻，我像個蕩女那樣，不顧廉恥，高高揚起了自己的一條腿，卡到他結實的胯上，我輕輕咬住他伸到我口腔裡的舌頭。可就在這時，小妮子邁塞勒的話突然在我耳邊響起來，「把他的嘴唇咬爛！」這是什麼地方？是嘉墨比的行宮吧，邁塞勒肯定來過這裡，肯定咬過他的唇。說不定她失蹤的這些天，兩人一直在此處鬼混。

　　我噁心得一把推開了嘉墨比，脆生生地摑了他一計響亮的耳光，

嘉墨比被我打得莫名其妙，他還以為是我嗔怪他這許多日子一直對我的冷遇呐，他又湊上來，張開雙臂，想繼續擁住我，我不由自主更加響亮地摑了他第二計耳光，嘉墨比在我突然的舉止中懵住了，他不敢再造次，不敢再鬼鬼的，不再嬉皮笑臉，而是怯怯的，一本正經的，他問我，寶貝兒，怎麼了？是對咱們的新家不滿意嗎？我非常鄙夷地喊了一聲，我嘲諷地詰問他，咱們的新家？是邁塞勒我們三人甚至更多人的新家嗎？嘉墨比一聽我如此說，立刻恢復了一貫的嘴臉，嘿嘿嘿……他又鬼鬼地笑起來，哎呀，我可愛的老婆，我當發生了什麼呢，還真把我嚇了一跳，實話告訴你吧，寶貝兒，這三個月來，我就是一直在忙著兩件事，開辦「中加橋公司」和裝修咱們的新家，什麼邁塞勒？和她有什麼關係？好詭詐好惡毒的傢伙！你還敢再騙我，難道你敢說這些日子她沒和你在一起嗎？這個……這個……嘉墨比開始吞吞吐吐了，她確實是和我在一起，不過……

沒有不過！

我跑進一間臥室，把門關起來，反鎖上，我不允許他進屋，該死的，去死吧，和邁塞勒死在一起。我聽見嘉墨比在外面苦苦的央求我，他說，寶貝兒，開開門，我和她真的沒什麼。什麼沒什麼？你們既然天天在一起，還敢說沒什麼？去死吧！房間外良久的一段沉默，後來我聽見什麼東西哧溜地在地板上滑動，滑動聲一直延續到我的門口，嘉墨比大聲地問我，寶貝兒，找到被窩了嗎？在櫃子裡，你就在房間裡睡吧，別再想著跑掉，我就在你門外的沙發上，明天早晨你還要趕著去公司報到，好了，我們睡吧。外面又是好一陣的沉默，我果真拽出被子躺到床上，管他呢。不知過了多久，嘉墨比又在外面不安分的叫起來，寶貝兒，睡著了嗎？我氣氣地回答他，睡著了。你真的睡著了嗎？睡著了。我悄悄地從床上溜下來，躡手躡腳地走到門邊，輕輕地旋開

門鎖，重新回到床上，我知道我為什麼這樣做，因為我仍然深深地愛著嘉墨比，我渴盼這個野蠻的傢伙能夠突然衝進來，像個真正的色狼那樣蹂躪我的身體。你真的睡著了嗎？我睡著了。你真的睡著了嗎？睡著了……他的聲音越來越低，而我的回答越來越溫柔，漸漸的，他的聲音變成了一種疲累的幸福的鼾聲，我在他均勻的鼾聲中沉入睡鄉。

　　嘉墨比果真開辦了「中加橋公司」，公司的地址就設在獨立大街那座寫字樓的8層，2008年5月8號正式剪綵開業。據說在公司正式開業之前，嘉墨比已經和利伯維爾的商人成功地合作了5宗業務。公司的規模不是很宏大，但顯得很精華，總經理嘉墨比，顧問嘉墨比老爹，中國聯絡部經理杭杭，就是我了，總經理秘書邁塞勒，另外還有9人，分別來自加蓬的9個省區，全加蓬一共有9個省，每人各負責一個省份。我隨嘉墨比來到寫字樓8層的時候，公司除了嘉墨比老爹——正在一樓大廳迎候前來觀綵的加蓬政界及商界的精英，其餘人等全都在邁塞勒的率領下，早已經恭候在公司辦公室。我們一到，邁塞勒立刻率領那9個人，熱情地把我圍起來，9個人齊刷刷地向我問候，歡迎杭杭經理，祝賀嫂子成為「中加橋公司」的骨幹，啊，他們用的居然都是中文，他們都能秀中文！邁塞勒一個個地向我介紹他們的名字，在介紹完最後一個看上去很英俊的青年時，邁塞勒突然伏到我耳邊，邁塞勒輕聲說，嫂子，你昨晚沒咬他的嘴唇嗎？你看看我，這就是我新結識的對我一見鍾情的那個他，我可把他的嘴唇咬破了。我注意了一下這個青年，這青年立刻靦腆地垂下頭去，啊，他的嘴唇果真破了，趁人不注意，我在邁塞勒這個鬼丫頭的臀部上狠狠地掐了一把。邁塞勒借機高聲招呼大夥，走了，下去了，我們都去迎接客人，準備剪綵……

（刊於《北極光》〈頭條〉2009年第6期）

傻男孩

一

　　我拉著沉重的旅行箱，徘徊在伯恩茅斯的大街上，流淌著一個18歲中國MM無助的淚水。我不知道這條街叫什麼名字，中秋的濕漉漉的晚風吹拂著陌生的建築，吹拂著穿梭於街道上的所有Yellow buses和Red buses，行色匆匆的藍眼睛白皮膚的男人女人們從我身邊閃過，我卻無法或者有膽量向他們喊出Hello，因為，一旦某個人被我叫停下來，我是實在不知道該如何向他們表述我要找酒店暫住或者租房子，小留學生英語怎麼說？酒店怎麼說？租房子又怎麼表達？我只能馬馬虎虎地說清I am from China!

　　那個時候，我看著漸漸落下去的夕陽，看著街道兩側逐漸亮起的燈光——那夕陽那燈光和家鄉的夕陽燈光有什麼分別嗎？我開始懷恨夏編輯和蘇護士了。都是因為他們的執著，他們的固執，才使得我落得如此狼狽漂泊的下場。唉！我的父母親！大人們啊！我在國內考不上好大學甚至普通大學又怎樣？考不上好大學就一定沒工作可做嗎？我會餓死嗎？為什麼非要學著人家有錢人，東拼西湊地把我變成一個「小留」呢？鍍了金就一定能得到好工作？何況我心裡對自己是否能夠或者有能力鍍得真金一直持懷疑的態度。我也開始懷恨那家代辦留學生的仲介公司了，是他們把什麼都說得好得不能再好，為了讚譽伯恩茅斯，甚至不惜貶損我們人間天堂的蘇杭，還說什麼伯恩茅斯是全世界學習英語最好的地方，哼哼！最好的地方怎麼連「小留」住宿都不能提供？

　　我的肚子嘰哩咕嚕地不停地向我討要食物，是呀，10多個小時了，我還僅僅是在飛機上簡單用了一點航班贈送的小吃，但是，我卻沒有一點食慾，我遭遇著18年裡前所未有的恐慌，陌生的異域，陌生的空氣，陌生的面孔，完全聽不懂的語言，如果是在家鄉的城市，即便我身上沒有一分錢，我也決不會淪落到露宿街頭，可是現在，現在我的行李箱裡雖然藏有足夠的現金，中外兩用貸記卡上更是存有足夠的歐元，但我能夠手擎著鈔票，滿大街的叫嚷，我要住宿——我要住宿——我要住宿嗎？我當然不能，因為我相信，即便我那樣做了，也不會有誰聽懂，更別奢望著有人會幫助，充其量是引來一大群好事的伯恩茅斯人圍觀，那些人會聳肩搖頭，相互低語或大聲嘲笑……Chink? Chink! 正而八經的英文我全沒有學會，英國人鄙視中國人的一些言詞我卻記得倍兒清！雖然不能說我此刻代表中國，但我就是不能任由他人鄙視和嘲笑！

　　我停止了流淚，我忽然覺得好像有人在跟蹤我，不過，這不但沒使我增加恐慌，反而讓我陡地增添了精神，來了鬥志，英國是法律非常嚴謹的國家，何況此處應該是伯恩茅斯市的中心街道，有那麼多人來來往往地走過，街道的斜對面就有一個手持警棍的員警，如果我高聲喊Help，他一準兒能夠聽到，我不信有誰就這麼敢膽大妄為地攔路搶劫。我索性停下來，轉過身，乾脆瞪起眼睛迎接那個高高瘦瘦白白淨淨的男孩，他好像跟了我很久了，也許打我從伯恩茅斯語言學院一出來，他就盯上了我，一直在跟隨我，男孩一臉純真的憨厚相，哪哪都不像個邪惡之徒，見我怒視他，他並不避開自己的目光，乾脆直接朝我走過來，一直來到我近前，我看了看街對面的員警，意在提示他也看看那裡，他果真看了看那裡，但很快就又把腦袋轉回來，對我聳了聳肩歪歪頭，他忽然用手掌一按自己的胸口，說，你好！我……我叫ANDY，不是壞人——他又把另一

隻手抬起來指著我——你……不用……害怕，你……中國……「小留」？那一刻，我的眼淚又流出來了，不過不再是委屈和無助，是激動和慶幸，啊，是的，我怎麼也沒有料到，在離家萬里迢迢的英國南部，這樣一座邊陲的小城，居然能讓我碰到一個會說一點華語的伯恩茅斯男孩，我的幸運還不僅如此，原來，這個叫ANDY的男孩，他們的家就是一個專門給各國留學生提供飲食起居的服務家庭，英國人管這樣的家庭叫Stay home（寄宿家庭）。

二

來到伯恩茅斯的第一天我幾乎整夜無眠，並非因為想家，不要把我看成普通的嬌滴滴的女孩子，事實上我一點也不留戀夏編輯和蘇護士，尤其是後者——那個我稱其為母親或者媽媽的女人，她簡直就是那個家不折不扣的君主，我每天放學歸來，她都要以懷疑的眼光檢查我的聽課記錄，檢查課堂練習和作業，每每我剛一進家，甚至還不等放下書包，她就追著我的屁股催我洗腳洗臉，嘴裡嘟嘟囔囔地吵嚷，抓緊時間！抓緊時間！抓緊時間！我想看一眼電視放鬆放鬆緊張的神經，她立刻就會不高興，我累了睏了，剛剛沒忍住打個盹，她立刻就批評我缺乏毅力，少骨氣，我考進校前二百，她逼我進一百，我考進校前一百，她又逼我進五十，如果能拿到二本，她盼我拿一本，等我能拿到一本，她又督促我拿國家重點，拿清華北大……你們說，像這樣的君主，我如何能滿足得了？既然滿足不了，哼哼……高二以來，我的成績偏偏就每況愈下，節節敗退，在蘇護士可能預感到我連最普通的大學恐怕都無望的時候，她突然一個決定，毫無商量餘地地就把我變成了一個「小留」。

我往夏編輯的手機上發了條短信：平安，勿念。

ANDY長時間地逗留在我的房間裡，這也許背離了英國人的習俗，但我並不討厭ANDY，ANDY不是個聰明的男孩，或者更確切地說，他比一般男孩的智力好像還要稍差一些，不過也許正是這稍差一些，我才不討厭他，才覺得他有點安全而可愛。ANDY天性純良，性格外向，非常喜歡說笑，儘管語言表達能力較差，但他非常好學，尤其對我們的華語興趣濃厚，我從他整整一個大晚上的零亂的華語字詞間分析瞭解到，ANDY 20歲了，留過兩級，也在那所語言學院裡讀高二，這樣講，我們應該算是同學了。據ANDY津津有味地介紹，伯恩茅斯確實是世界上學習英語的最佳地區，每年都有大量的從小學五六年級到大學的外國留學生擁到這裡求學，也因此學校裡才暫時無法滿足越來越多人的住宿。伯恩茅斯（Bournemouth）屬於海濱城市，而在英國南部沿海一帶，這個mouth那個mouth的城市特別多，反正不是在大河入海口附近，就是臨近海灣口，所以才有這樣的稱呼。這座城市並不大，大約有16萬人口，和英國其他的城市一樣整潔有序，只是現代氣息似乎更多一些，少有古舊建築，享有世界一流度假勝地及花城之都的美譽。

伯恩茅斯依伯恩河入海處而建。

ANDY家寬敞的三層別墅就座落在伯恩河邊，拉開窗，波光粼粼的河水盡收眼底，水面上倒映的五顏六色的萬家燈火，不時被急急駛過的大大小小的油輪或客船所擊碎，空氣中彌漫著淡淡的海鹹的腥濕氣息，並混合著由別墅前的花園裡不斷散發的幽香。ANDY離開後，已至下夜，經過長時間的奔波和勞頓，雖然我的臉上已有倦容，但卻絲毫產生不了困意，這沒辦法，誰叫我在乾燥且浮沉肆孽的家鄉，從來觀賞不到如此潔淨而水天一色的城市夜景呢？我久久地站在窗邊不忍離去，貪婪地呼吸著腥膩膩的濕潤的空氣，瞪大

眼睛仔細欣賞夜幕下伯恩茅斯的每一處景致，伯恩茅斯格外明亮的星空令我陶醉，渡輪駛過，伯恩河時斷時續的濤聲更給我夢境般的幻想，伯恩河邊長大的男孩ANDY，那ANDY以後會和我發生故事嗎？會發生什麼樣的故事呢？

三

在伯恩茅斯的第一個早晨，我被一陣緊似一陣的敲門聲所驚醒，我輾轉一聲坐起來，窗外的太陽已升至半空，這哪裡還是早晨？難道手機的鬧鐘沒響？我抓起手機，上面的時間顯示的赫然是17點多，中秋時節，此刻應該是下午已臨近黃昏才對，莫非我是在午睡仍處在夢境當中？可是敲門聲分明越來越激烈，我忽然清醒了，啊，不對，這不是在中國，這是伯恩茅斯啊，糟糕，我的手機竟忘了調整，還是北京時間，伯恩茅斯此刻應該已到了上午九點多了，今天是我上語言學院寄宿高中的第一課，我怎麼連這麼重要的事都給耽擱了？真是該死！我趕緊穿上衣服，一面喊著來了來了，一面朝門口跑去。

門外站著的居然是ANDY。

ANDY真是熱心的好男孩！

我一路上跟隨在ANDY身後，默默地在心裡重複著Thanks，默默地走，默默地抓著他登上一輛經過語言學院的Red bus，默默地聽他嘴裡不停地蹦著生硬的華語字詞，以後……你……沒……搬到……學校……之前，我……每天……都……負責……接送你，反正……我們……也是……同路。我不知道ANDY為什麼如此關心我，從一個有點foolish的異國男孩的眼神裡，我暫時還看不出任何異樣來，我姑且認為，大概是一個小房東要和他家的房客建立和諧

友好的關係吧，我畢竟是他主動拉來的房客，我給他家增添了不小的收入嘛。

「小留」寄宿高中班均設在三樓，寬寬的樓道裡十分潔淨，但並不安靜，就像家鄉學校課間的樣子，老遠就聽到了喧嘩聲。ANDY把我帶到三樓的樓梯口，指點了我們班的教室，說聲放學……等他，就一溜小跑地Bye-bye了。我怯怯地向IB2－4走過去，我不知道遲到了要不要像在國內那樣喊報告，我想像著也許陌生老師的藍眼睛會向我大大的瞪起來，先給我來個下馬威。那扇鵝黃色的門大敞四開，我停在門口，裡面似乎沒有上課，大約二十來個人圍在教室的中間，人們七嘴八舌地交談著，可讓我感到非常奇怪的是，他們的交談居然是我全部能夠聽懂的漢語普通話，我看看他們的容貌——黑頭髮，黃臉皮，塌鼻樑，這分明都是中國人麼，一瞬間，我竟懷疑自己是不是突然被穿越了，又回到了暑假前的母校，可再看看後面黑板上的大大的紅色標語——Welcome new students! 還有兩個黑人和兩個棕褐色人呆頭呆腦地站在四周，我這才敢確定，IB2－4肯定就是我以後大約一年求學的班集體。

說來真是滑稽透頂，又萬般無奈，我萬里迢迢地跑來英國，來到一個還不如家鄉城市大的伯恩茅斯，而且，夏編輯和蘇護士一年要花掉30餘萬元人民幣，可謂巨額投資，何等的盼女成鳳！但是，他們無論如何都不會料到，他們的寶貝女兒——夏米蘇所在的IB2－4班，全員共18名留學生，其中有14人竟為我們純種的大漢民族同胞，十足的中國「長城」！可憐天下父母心啊！大人們啊！如果你們瞭解到，現如今，每年都有大約十幾萬的中國「小留」鑽到世界各地，你們還會那麼趨之若鶩、義無反顧地讓自己的孩子遠渡重洋嗎？事實上，一踏上「小留」的道路，就註定了我們其中許多人一

年後將成為任人笑柄一無是處的「海帶」（海歸待業人員）。這真讓眾多家長們始料不及呀。

我是被一個綽號叫「漢奸」的男孩拉進教室的。

「漢奸」是閩北人，是長春MM宋戴兒在這天早晨給起的，我不知道宋戴兒為什麼給他起了個這麼難聽的背叛民族的綽號，總之，剛一見面我不好就追問宋戴兒，但我感覺閩北「漢奸」對我還算蠻好的，是他最先發現了怯怯站在門口的我，他先是呼哨了一聲，接著就老朋友一樣喊出了我的名字，夏米蘇，你們看，夏米蘇，我們最後的一個有緣人終於姍姍而來了，我看見「漢奸」噌地一聲，敏捷地越過桌子，眨眼間衝到了我面前，我還在愕然中，就被他一把拉住，不由分說直接將我拉進了人堆裡。不要奇怪，先來的人自然能看到IB2－4班花名冊，自然就記下了遲遲不到的同樣from China的夏米蘇。我窘迫地不知該面對哪一張臉，或者哪一張嘴，13個同胞幾乎同時向我發問，夏米蘇，快說說，說說，你是哪個省的，看看與誰最近。正猶豫間，我忽然發現了一個人，這個人就坐在我身側，他的臉極酷似ANDY的臉，白白的，鼻子高高的，眼睛藍藍的，深邃而透明的藍，那雙藍汪汪的大眼睛忽然對我笑了一下，他站起來，友好地用力抓住我的手，他看上去好像要比我們大上幾歲……

四

「小留」班的管理十分人文，也許整個寄宿高中、語言學院、伯恩茅斯甚至全英國的教育都是如此，你到處都能體會到讓人感覺非常舒適的寬鬆和自由，不像我們國內的學校，每一個老師，每一個班主任，都像高高在上的嚴酷的君主，一旦你哪裡做得不夠好，

他們就會想出各種殘忍的手段來蹂躪你，倘若是個差等生，那你的日子就一定是相當的難熬了。

前三天沒有安排正課，除了報到和註冊，我們一直在熟悉學院的環境，我們要熟悉宿舍廚房，寄宿高中有一種非常強烈的家庭氛圍，那裡可以舉辦各種各樣的聚會，宿舍管理人員經常與學生們一道做比薩餅或即席準備咖啡，我們還要熟悉圖書館、閱覽室、機房、健身房、戲劇社、體育場和露天泳池等諸多的公共場所，熟悉每一處的功能設施和服務方式。那寬闊的體育場簡直令我們這些中國來的「小留」們瞠目而驚歎，標準的碧草茵茵的足球場地，鮮紅的擁有10條跑道的競賽區，六塊紅土網球，四塊籃球……這樣說吧，每一處都無不顯露出一個現代國家的富有和奢華，那個水淨如鏡的泳池，加上幾條「美人魚」的點綴，更是讓我們流連忘返。而帶我們熟悉或遊覽這些環境的，就是那個長相酷似ANDY的大男孩，他就是我們的班主任，我們都親切地稱他為「T」。「T」是個很隨和的人，也很懂得尊重別人，根本不像某些傳聞那樣，說全世界最歧視中國人的就數英國人了，說英國人一見了中國人就不屑地直言Chink。根本就是子虛烏有！但「T」一點都不懂得華語。我聽「T」講話，儘管他的語速很慢，幾乎是一個單詞一個單詞地往外蹦了，可我最多僅能夠明白十之一二。

我們終於迎來了第一堂正課。

在英國，高中課程的設置完全適應於其教育的公共考試體系，分為GCSE（普通中等教育證書）、A-LEVEL（中學高級證書）、GNVQ（全國通用職業資格證書）和IB（國際高中證書）。我們的「小留」班當然是最後者，課程設有物理、數學、化學、地理、生物、經濟、哲學、宗教、音樂、家政、繪畫、戲曲、演說、鋼琴等。現代語言有英語、法語、西班牙語，古典語言有希臘語和拉丁

文。另外還有緊跟社會發展的資訊、網路課程。每天有10小節課，30到40分鐘一節，從早上8點半到下午4點多，安排得相當緊湊。不過，不要害怕，我們的畢業和升大學考試僅有三門課，即數學、物理和化學，外加一些語言類、藝術類、社科類或技術類的組合選修考查課。而每一門課都有多個授課教師，我們可以隨意選擇自己喜歡的老師。

IB2共有6個班，每班15－18人不等，在整個英國，高中寄宿班幾乎都是這樣的情景，這不像我們國內，好歹就有五六十人，小班更容易管理嘛。第一次正課，我不知道自己該去聽什麼課，數學？物理？化學？還是語言、藝術、社科或者技術類的隨便哪一門的選修課？老實講，無論是必修的考試課，還是選修的考查課，我都不可能聽懂，因為在家鄉的高中我都越來越聽不懂，更別說是在英國，完全是英語的課堂了。我只好跟在「漢奸」後，我打定了主意，「漢奸」去哪，我就去哪了。我瞥見宋戴兒不屑地瞟了「漢奸」一眼，但她的腳步並沒有獨自走開，顯然，她恐怕也像我一樣根本拿不定主意，然而「漢奸」並沒有理睬我們，他的有點諂媚的目光一刻也不離開我們的monitor（級長）。

IB2－4的monitor就是那兩個黑人之一的女孩，她叫邁塞勒，是出生在埃塞俄比亞高原沙漠上的日本籍女孩，據說邁塞勒的哥哥是世界上著名的中長跑運動員，她全家就是隨著她哥哥一起移民日本，無奈嘛，高原沙漠那地方實在是太窮了呀。邁塞勒身體修長，細膩的皮膚黑中泛亮，如同油脂，忽閃的大眼睛，曲翹的長睫毛，翻開的厚嘴唇，三七分開的無數條小辮子，處處性感，無處不撩人，連我一個女孩子有時候都想抱住她，親親她，也難怪我們「漢奸」色色的視線總是圍著人家打轉！

「漢奸」討好地叫monitor!

　　邁塞勒對我們點頭，含笑，那麼PL的一個MM一旦笑起來，就越發的迷人了，我看見「漢奸」的身體禁不住朝著邁塞勒的方向前傾了一下，若不是隔著桌子，被桌子橫空阻擋住，也許「漢奸」的身體就會撲到人家身體上，宋戴兒的鼻子裡立刻發出了一聲哼。邁塞勒裝作視而不見，迷人的笑靨一直洋溢在腮邊。這MM像所有埃塞俄比亞沙漠上的女孩一樣，承襲著祖上堅毅的性格，學習英語完全像到了跑道上，僅僅三天，口頭用語就基本上掌握了，而且由於長時間的處在我們當中，耳濡目染，居然連帶著也學會了說一些簡單的華語。怎麼？她說，你們……還沒有……idea嗎？Well, follow me!

五

　　ANDY一直信守著承諾，每天都陪伴我上學和回家。我不知道還要在ANDY家的別墅裡生活多久，我問過班主任「T」，也曾裝出哭哭啼啼的可憐相央求過「T」，央求他多想想辦法，讓我儘快搬進學校公寓裡去。我的英語水準仍舊是老樣子，似乎永遠都無法做到用熟練的英語交流，我拿著掌上電子詞典，幾乎是查一個單詞，說一個單詞，再配合上痛苦的表情和手勢，我把一串串眼淚潑灑在電子詞典上，但「T」根本就不為所動，因為那完全不是由他所決定，所以狡黠的他總能夠恰到好處地以各種理由搪塞過去，「T」最後總是以徵詢的口吻反過來央求我，他說，wait, once more! ok?

　　我還能怎麼樣？難道我不ok？

　　住在ANDY家實在是存在著諸多的不便，我倒不是擔心花費夏編輯和蘇護士更多的錢，既然他們都能夠不切實際地狠心地把我變

成「小留」，我還犯愁再為他們著想嗎？我也不害怕每天要跑那麼遠的冤枉路，伯恩茅斯大學語言學院坐落在郊外，遠離喧囂的城市，依山傍水，四周散落著優雅的古老教堂和寧靜的小鎮，我買了一輛自行車，每天聽著ANDY凌亂的講述，悠然地穿越於伯恩茅斯最繁華的pedestrianised購物街上，幾乎是一路倘佯下去，兩個人，很像一個遊客和一個能力有限但頗具耐心的導遊，這還有什麼不愜意麼。只是我終於從ANDY傻忽忽的眼神裡覺察出了異樣。ANDY常常癡癡地看著我，眼光裡肆無忌憚地飄動著熱辣辣的慾望，我有過初戀的經歷，讀得懂男孩子的那種眼光，我看得出，如果我再繼續長期與ANDY朝夕相伴，ANDY早晚有一天會對我動手的，比如在我下榻的那大約12平米的房間裡，或者我們每天要經過的那段僻靜的海邊沙灘上，假如ANDY摟住了我，親吻我，甚至……我該怎麼辦？

我不知道。

英國是個很自由的國度，在晚間的pedestrianised購物街，你經常可以看到某面大螢幕上放映著成人電影，你也可以經常看見一些很小很小的女孩，用他們的口語說就是teens girl（十多歲），她們旁若無人地拉著嬰兒車──裡面躺著她們不知與何人所生的嬰孩，大搖大擺地招搖過市。地域不同，文化差異，無所謂對錯，在這裡，我不是在議論人家風俗的長短，我仍然是在說ANDY，ANDY雖然有點傻，但他的身體發育很健康，健康的機能，正常的渴望當然能促成一個男孩對異性的遐想，和性的衝動，而且，更糟糕的是，我一點都不討厭這個有點傻的大男孩，有時候，譬如我們由學校回來晚的時候，當我們路過pedestrianised大街，看到了成人電影，我騎車，躲在ANDY的側面，我的目光常常抑制不住要偷偷窺視ANDY的喉結和他薄薄的微紅的嘴唇，我在心裡害羞地問過自己，那兩片嘴唇究竟是什麼味道呢？

　　還有一件事似乎更糟，就是ANDY的父母，她母親倒是沒什麼了，一個純粹的家庭婦女，而且ANDY的不聰明應該是遺傳了她的基因，她整天除了做飯洗衣還是做飯洗衣，她連上街買菜都幹不來，好像她的腦子裡全是水，而ANDY的父親——那個多年的老機械師，則是個非常陰險狡詐的傢伙，他居然動不動就親自下廚房，做我們中國的打鹵麵和包餃子，吃飯的時候，還總是指使他兒子ANDY頻頻地照顧我，這不是分明在討好我嗎？有幾次晚間，他甚至把幾乎從來不離開家半步的老婆硬生生地拉出別墅，且一直到很晚才回家，難道這不是故意在慫恿他兒子，給ANDY製造下手的機會嗎？

　　有一天，ANDY真的闖進了我的房間，我說闖當然不是破門而入，是他一遍遍固執的敲門，迫使我最終不得不把他放進來，我不知道ANDY究竟要幹什麼，無論我怎麼問他，他就是支支吾吾不肯說出來。我看見ANDY進來以後，白白的臉膛居然酡紅酡紅的，他站著不動，手裡拿著一本以綠色為主的雜誌，目不轉睛地看著我呵呵傻笑，我大聲地對他說，嗨！嗨！嗨！他依舊呵呵傻笑，我說，ANDY，ANDY，你傻了是不是？我忽然意識到，也許他不懂得「傻」字呐，於是馬上改口，Are you foolish? ANDY終於停止了笑，他一本正經，囁囁嚅嚅說，他們……他們……都不在家，他的臉更加的紅了，呈現出一種醉態，我立刻裝著把面孔扳起來，矜持而嚴肅地看著他，我說，那又怎麼樣？難道你……非要進來，就是跟我說這事？告訴你，我不高興了！我不高興了你懂不懂？I am distemper! Understand? 我的突然變臉還真的把這傻小子給嚇著了，他連忙惶恐地擺手，No! No! 我是……來……給你……送這個的，明天是……月末，你們……明天……要去……要去……New Forest. 他把雜誌扔在了床上，慌不擇路地跑了出去。我閉起眼睛，揚起頭，用手撫了撫胸口，長出了一口氣。

六

ANDY是來給我送雜誌的，嚴格地說應該是一本有關New Forest風景區的畫冊或參觀遊覽說明書，看不出，這個傻ANDY有時候還真的是有些心計呢！伯恩茅斯語言學院的寄宿高中，每個月末，學校都要組織小留學生們去當地的小鎮或農村，以便讓他們能夠親身感受英國，更多的瞭解英國。IB2－1昨天就去了位於英格蘭中西部的埃文河畔斯特拉特福鎮——莎士比亞的故鄉，聽說他們在皇家劇院觀看了《羅密歐與茱麗葉》，後來又去了愛丁堡藝術館欣賞了展覽，還觀看了一場橄欖球賽。這聽起來就讓人激動！根據安排，我們明天要前往拉塞爾考茨藝術畫廊，觀賞現代與傳統的各類名畫，體驗繪畫藝術；之後去參觀著名的羅斯西博物館、冬日花園大廳；最後要到New Forest欣賞美景，並在那裡欣賞世界知名的伯恩茅斯交響樂團的精彩演出，稍晚些時候，New Forest工作人員還要和我們一起共同舉辦國際猜謎晚會和歌舞表演活動。

據實講，我早就盼著這一天了，眼睛都已經發藍了。

我討厭上課，討厭坐在教室裡，比在國內還要討厭十倍百倍，在國內我可以避過老師的視線，貓在某個角落，貓在山一樣的教科書和參考書堆後面，或看自己喜歡的校園期刊，或玩手機遊戲，高興了也可以和網友上網聊天，或乾脆趴在課桌上睡大覺，其實，有時候，即便被個別老師發現了也不打緊，在他們不屑的目光裡，你只要不搗亂，不影響別人，他才懶得管你吶，反正在他們看來你根本考不上任何學校。「小留」班的情景則完全兩樣，你根本看不了閒書，玩不了遊戲，你什麼都幹不了，因為那幾乎完全是討論的課堂，自由的課堂，老師很少站在講臺上，更多的時候，是坐在十幾二十來個學生

中間，引導並參與學生們對某個知識點或某道題目的討論、辯論、甚至是爭論，只有大家都不會了，都不明白了，他才會回到黑板前給大家作細緻地講解。你想，這樣的課堂，我能幹得了什麼？我只能傻兮兮地靜靜地坐在某處，光看著人家指手畫腳，聽著人家嘴裡嘰哩呱啦地亂說，我什麼都不明白，什麼都不會呀。有誰瞭解我的痛苦？夏編輯、蘇護士，你們曉得自己的女兒，在萬里迢迢的異國他鄉的所謂留學生課堂上，有多麼的悲哀，多麼的可憐嗎？

我並非不求上進。宋戴兒和「漢奸」跟我的情況差不多，如果說在國內，我們存在著很強的逆反心理，父母越是逼著我們進步，我們就越是倒退，那麼，自從到了國外，我們天天生活在一個非懂的世界裡，我們何嘗不時時渴望著，並設法將自己儘快融入這個世界，使自己從此不再對她陌生，近而享受瞭解她後的快樂？寄宿學校每天下午都設有現代語即英語、法語和西班牙語的輔導課，我、宋戴兒、「漢奸」，還有那個埃塞俄比亞的日本籍MM邁塞勒，我們四個總是能夠早早的在英語輔導班裡不期而遇，我們每人手裡各握著一個掌上電子詞典，在老師未到之前，我們常常默默地查閱單詞，積極地背記，當然有時候，尤其是在沒有「外人」的時候，我們也常常試著彼此間說些英語笑話。但是，我們就是進步得很慢，就是比不了邁塞勒，而每當老師進來，坐在我們中間的時候，我們總是立刻就啞巴了，且什麼都聽不懂了。

也許是越來越討厭「T」的緣故。我討厭「T」，宋戴兒也討厭「T」，而「漢奸」簡直就是恨死「T」了，對了，輔導英語課的更多的時候是我們的班主任「T」老師，照常說，白種人多半具有種族歧視的陋習，但「T」好像完全不具備那種觀念，只要他一進來，一坐在我們中間，那兩顆可惡的藍眼珠子，就幾乎一刻也不離開邁塞勒了，他看她的細碎的小辮子，看她的長睫毛，看她修長

的身體以及長在那身體上的挺拔的胸和後翹的臀，他總是眉飛色舞地對著邁塞勒一個人講話，和那兩片翻開的性感的厚嘴唇交流，十足就是無恥嘛！我們常常氣憤地撇起嘴吧，皺起眉頭，真是噁心死了！我們哪還有心情聽課？我看見宋戴兒偷偷地落淚了，看見「漢奸」一臉的茫然，那淚是什麼淚？恨「T」？還是氣自己學不會？而「漢奸」的茫然像一隻失敗的狗。

七

我不懂繪畫藝術，所以談不上觀賞，只能說是粗略的「觀」，而絲毫沒有「賞」，當然就更聽不懂解說員滔滔不絕的驕傲的解說，什麼這個名家那個名家，這幅名畫那幅名畫的，對我名副其實的對牛彈琴。羅斯西博物館也是如此，卻原來就是對伯恩茅斯城市發展史的收藏和介紹，不就是一些古老的甚至都破損了的圖片和一些故舊器具嗎？這有什麼可參觀的，我早就透過ANDY的嘴巴瞭解八九了，我都聽膩了呀。我忽然覺得索然無味起來，我無聊地跟在人群後，不再注意聽解說員介紹，更沒了興致觀看那些被他們扇呼得都具有了傳奇色彩的東西，我的目光溜到宋戴兒身上，「漢奸」身上……我看見宋戴兒還在緊追著解說員，努力地吃力地聽，「漢奸」好像十分興奮，他忙得不亦樂乎，拿著數位相機，這裡拍一張，那裡照一張，不過我發現，他的注意力其實根本不在那些富有地域文化色彩的展品上，而完全在邁塞勒身上，他表面上裝著給某些展品照，實則是在把邁塞勒的一個個倩影裝進相機，要麼宋戴兒給他命名為「漢奸」，真是不折不扣。不知怎麼，我忽然間特別期望起「T」能夠儘快地得手，能夠儘快地把那個具有雙重國籍的妖冶的狐狸精拿下。

　　ANDY送給我的遊覽畫冊很精美，我看了整整一晚上，密密麻麻的文字說明我粗略地明白一點，獨特的New Forest景觀是幾百年來平民放牧所形成的，時至今日路邊仍可見到吃草的小型馬，搜尋山毛櫸食的豬，還有在路邊閒逛的驢；大部分的森林由一望無際的開闊的石楠地組成。春秋兩季那裡風景最美——大片的紫色石楠花地毯，點綴著簇簇黃色荊豆。在分散的林地，可以發現參天古樹，清澈的溪流、盛開的野花以及陽光地帶飛舞的群蝶；在森林與大海銜接的地方，可以看見源源不斷的帆船、小舟、沖浪者、以及歡快的遊艇和油輪，遊客無論是步行、騎車或騎馬，隨便就可以找到自己寧靜的港灣，並在那裡聆聽鶇和麥雞的聲聲歌唱，達特福德鶯的啾啾鳴叫，森林雲雀的動聽小調；夜幕降臨時，如果在森林邊多待一會兒，還可以聆聽到歐夜鷹的嗡嗡歌聲，看見冒險離開灌木叢的野鹿和掠過漸暗天空中的蝙蝠。

　　我很喜歡畫冊裡的彩色圖片。應該說New Forest一定不會叫我失望。我躺在床上，聽著夜色中伯恩河的陣陣濤聲浮想聯翩，我在置身於New Forest的美麗的夢中興奮地來到這個早晨。巴車剛剛開進New Forest的風景區的時候，我就迫不及待地要看看那奇異的小型馬，那充滿夢幻般的石楠地，那宛若童話世界一樣的小野鹿……我把巴車的窗子拉開，把腦袋伸到外面，我叫著宋戴兒，引領著她的視線。宋戴兒趴在我後背上，起初她被我說得也比較興奮，可看著看著，宋戴兒就開始懷疑了，直到巴車接近New Forest的入口時，宋戴兒突然一把揪住了我的耳朵，她佯怒著嚷道，好啊，米蘇，你竟敢騙我，你說的小型馬呢？紫色石楠花呢？小野鹿呢？飛舞的群蝶呢……

　　我忍著疼痛叫嚷，在裡面，在裡面……

　　走進New Forest，人們三三兩兩的一下子散開了，片刻間便消

失在深邃的密林裡。本來，按照排程，我們應該先欣賞世界知名的伯恩茅斯交響樂團的精彩演出，可是一到才清楚，那哪裡是什麼伯恩茅斯知名的交響樂團？只是一支英國最普通的室內小型管弦樂隊，再者，即便它就是知名的交響樂團，我們還都是十七八歲的孩子，當然擁有童真，更喜歡野趣，我們只要牢記著集合的時間和地點，還管他什麼狗屁精彩演出？只剩下「漢奸」、宋戴兒和我沒有結組了，似乎沒人願意與「漢奸」為伍，而「漢奸」似乎也不屑與我倆為伴，宋戴兒我倆互望了一眼，我們看見「漢奸」折了一根樹枝，緊緊地握在手中，一面無聊地揮舞著，一面裝作若無其事地瞄著邁塞勒和「T」漸漸遠去的背影，他朝著那個方向趕去，我們會意地笑了一下，也朝著那個方向走去。

　　我們壞壞地跟著「漢奸」，我們不擔心迷路，New Forest雖然浩瀚，面積廣大，但每一條路徑上，不遠的地方就設有一處導遊標識，只要沿著「way out」最終準能回到出發的集合地。「漢奸」的注意力全在邁塞勒那裡，他根本發現不了我們，我們影影綽綽地能看見無恥的「T」，「T」不時地往自己的嘴裡塞著東西，同時殷勤地遞給邁塞勒，我們知道那一定是英國的國吃炸魚加薯條或者烤土豆，而且是那種表層帶有麵糊的酥酥脆脆的炸魚。太陽已經西下了，茂密的林地上投下斑駁的樹影，歐夜鷹和森林雲雀已經開始歡快地鳴唱。我們走走停停藏藏閃閃，我們不敢太過靠近，以免被「漢奸」聽見我們的腳步聲——偷窺人家的隱私總是一件比較齷齪的事情。忽然，我們看見「漢奸」機警地停下來，「漢奸」將身體隱到一棵粗壯的樹後，他慢慢地探出腦袋朝著剛才前進的方向窺望，我們也朝那個方向望去，可是那裡除了密密麻麻的參天古樹，我們已經尋不見邁塞勒和「T」的影子，我們不清楚前面究竟發生了什麼，但我們料定那裡一定是發生了

什麼，我用眼光示意宋戴兒，機靈的宋戴兒馬上會意，於是我們
沿著旁邊的另一條小徑快速地向那裡繞去，我們接近了邁塞勒和
「Ｔ」可能停留的地方，放慢腳步，猛地邁塞勒呢喃的聲音傳進了
我們的耳朵，我們蹲下身體，再緩緩站起，我們終於看見了我們
期待的那一幕……

八

我們好幾天沒有見到「漢奸」了，我問宋戴兒，宋戴兒也完
全不知情。在IB2-4，我們雖然討厭「漢奸」，可是14個中國「小
留」，與宋戴兒我倆關係最好的還得說是「漢奸」。莫非「漢奸」
受不了「愛情」失敗的打擊？這似乎有悖情理。在我們推測，「漢
奸」不可能真正愛上邁塞勒，起碼不可能是那種深陷以致不能自拔
的愛，他頂多也就是看上了人家撩撥的身材和性感的容貌，想借助
自己也有幾分酷帥的外表追求一下，追上了，就玩玩，追不上，則
權當是課外生活消遣。就是退一步講，他真的愛上了的邁塞勒，真
的遭受了愛情打擊，也不應該不上課，放棄學業呀，本來對於我們
這等的留學生，想在英國升入某所大學，簡直如同癡人說夢，但總
歸暫時還有夢在吧。

我們去尋找「漢奸」，去學校的公寓裡找，「漢奸」比我們來
得早，有幸被留在那裡居住。我們不敢直接去問「Ｔ」，擔心「漢
奸」沒有向他告假，只是自己隨便蹺課，如果是那樣，我們的行為
不就等同於給「漢奸」告了黑狀嗎？我們很小心地找到宿舍管理
員，將管理員叫到一邊，裝作跟他隨便聊聊的樣子，問他最近宿舍
裡有沒有生病的學生，有沒有白天不去上課，留在宿舍裡睡大覺
的。管理員被我們問得丈二和尚摸不著頭腦，他狐疑地攤開雙手，

望著我們說，No! No! Wart are you donging? 我們哪敢說出我們在 doing什麼，慌忙地甩給他一句Bye-bye，逃離了公寓。

我們無法打聽到「漢奸」的去向，在與他同住的同學那裡，我們頂多也就瞭解到，「漢奸」最近常常與大學預科的那幾個福建學生混在一起，他們總是形影不離，每天早出晚歸，但究竟在幹些什麼，誰也說不準。某一天下午課間，「漢奸」突然給我打來電話，「漢奸」在電話裡顯得特別活躍和快樂，他衝口便對我說，啊，我的小蘇蘇，想哥哥了吧？有時間，讓哥哥好好陪陪你！「漢奸」總是一幅嬉皮笑臉的色相。我馬上截住他的話，否則，還指不定要說出什麼更赤裸的內容，我對他說，「漢奸」，老實點，不許胡鬧！我問他，「漢奸」，你究竟幹什麼去了，害得宋戴兒我倆每天都為你擔心。「漢奸」驕傲地回答，哦，這就對了嘛，我說我還沒混到那麼糟，竟沒有一個人惦念我，對了，米蘇，我正要告訴你這事，我現在在打工啊。打工？什麼打工？就是在外邊工作掙錢啊。哦⋯⋯啊？你竟敢⋯⋯那「T」知道此事嗎？校方允許嗎？

「漢奸」哈哈地笑起來，我的傻米蘇，他又說，你還不知道啊，學校根本沒人理會這事，人家招小留學生，掙的是錢，至於你聽不聽課，能不能升入大學，只有你父母才在乎，人家根本就不管，怎麼樣？你也出來打工得了，別老把自己圈在學校裡受那份洋罪了，難道你還沒有受夠？我⋯⋯我⋯⋯我支吾著，我不知道該如何回答「漢奸」，老實講，對於我在英國是否能夠升入某所高校，只有天知道。「漢奸」又開始嬉皮笑臉了，蘇蘇，他無恥地講，快出來吧，跟咱哥們一塊混，咱哥們包你「性」福，你還不相信咱哥們的「工作」能力？你混蛋！不要臉！我真的有點生氣了，大聲地罵了一句「漢奸」。呦呦呦，哈哈哈，「漢奸」

再一次哈哈笑起來，蘇蘇，哥哥只是與你開個玩笑，別當真，別當真，不過……不過……你和那個傻ANDY究竟怎麼樣了？老實講，哥們還真就有些氣不順，怎麼能把我們的蘇蘇隨便就便宜給一個小洋鬼子呢？

我憤怒地掛斷了手機。

在ANDY那裡，我很快證實了「漢奸」所言非虛，據ANDY介紹，在伯恩茅斯，甚至在整個英國，中國來的留學生，許多人都是打著學習預科的旗號，而實際上是來到這裡打工。作為歐洲人口密度較小的國家，英國的勞動力是比較缺乏的，外來人員只需隨便走進大街上的一家job center，就很容易找到一份薪水不菲的工作，因為這些機構都很先進且非常人性化，裡面配有N多電腦觸控式螢幕，各種招聘工作均按性質不同作了分類匯總，來人可以在上面任意點擊，在尋到合適的工作後列印出詳細資訊，機構裡還專門提供了與雇主聯繫的免費電話。但是，凡是中國的「留學生」，大體都是在餐館兒裡刷盤子，在大型超市做清潔，在酒吧裡作招待，在小賣店當店員，在賓館裡作housekeeper，或為食品廠做流水操作。有的甚至每天幹著三份以上的活，因為超市清潔多在早晨，刷盤子多在下午，而酒吧招待又多在晚上。

ANDY向我介紹完，我窺見他的眼光中竟奇怪地慢慢地流露出一絲恐慌，ANDY定定地注視著我，看著看著，這傻小子居然狂躁地發起火來，怎麼，他嚷道，你……要去……打工嗎？我……不允許你……那麼做！Don't allow! Don't allow! ……我爸……說過，不好好學習，將來就只能幹社會最底層的工作。他的眼光又緩緩暗淡下去，而最終轉為猶疑。傻ANDY突然發怒，我有點詫異，但他瞪起眼睛的樣子確實顯得越發可愛。

九

　　我的第一任老闆是個臺灣人，人家都叫他Abner，我查了一下詞典，詞典裡沒有該詞條翻譯，我問ANDY，ANDY說，Abner是不常用的英國男子名，什麼意思呢？就是……就是聰明的意思。那是一家不大不小的酒店，每逢週末，裡面都安排有歌舞表演，店面的招牌叫Taipei cabaret。我每天下午4:30準時趕到那裡上班，工作的範圍是做廚房勤雜，具體負責幫助廚師配菜、洗碗和打掃廚間的衛生，每小時5.5英鎊，一週一結算，這在伯恩茅斯的小時工裡，是屬於中低層次的酬勞。我並非是因為經濟拮据，我才不在乎夏編輯和蘇護士的生活是否緊張，沒錢了就毫不猶豫地向他們要，他們愛到哪裡借那是他們的事嘛。我像「漢奸」和眾多的中國「小留」們一樣，其實早就厭煩了循規蹈矩地坐在乏味的課堂上，早就無法收起對校園外斑斕世界的心儀。

　　Abner是個非常狡詐的傢伙，他說著一口流利的英語，同時能講一口地道的華語普通話，據說他在北京也曾開過一家Taipei cabaret。他每天三番五次地走進廚間，有時候乾脆就長時間地坐在廚間裡。剛開始的時候，我根本沒在意他鬼祟的目光，我對工作充滿了興奮和好奇，覺得一切都是那麼的新鮮，而且還能從無比的快樂中賺得大把大把的英鎊。可是，隨著時間的不斷延伸，慢慢地我覺得越來越煩悶了，我每天像個機器人一樣，把堆積如山的碗盤擺好，推進大機器，然後再一抱抱取出，再用盡全身的力氣把一摞摞高高的盤子和碗抱到櫥櫃，有時候我真的好恨那些有事沒事就到外面吃飯的伯恩茅斯人，光吃飯也就罷了，幹嘛還要那麼多講究？什麼頭道，開胃，主菜，甜點啦，光一個人所用的杯子、碟子、盤子

和碗就有一籮筐了，累得我哪怕是偷著伸伸腰都覺得是在休息！我也開始懷恨Abner，要麼他命人叫他Abner，敢情他的「聰明」還不僅僅表現在每日裡頻頻地走進廚間監督我們，他居然敢一次次地不斷地賴帳，現在國內都沒人敢明目張膽的拖欠農民工工資了，這個無恥的人竟敢跑到英國來耍這一套，可是眼看著連廚師都不敢說什麼，我能怎麼樣？我只好一忍再忍。

有一天，我把Abner拖欠工資的事告訴了宋戴兒。

宋戴兒在一家中國超市裡做上架工，對了，伯恩茅斯中國的商家很多，你隨便在某一條商業街上便可以發現由咱們國人所開的餐館或小型超市。不過，宋戴兒比我要輕鬆多了，一般超市關門都比較早，這不像在咱們國內，她工作的時間每天頂多也就兩個小時，所以宋戴兒有幾次竟跑來Taipei cabaret湊熱鬧，當然有時候見我忙得不可開交，她也會非常高興地幫我給廚師配配菜，只是Abner看在眼裡，木板板的臉上卻從來不露出半點聲色。有一回，宋戴兒趁著Abner不在，偷偷地問我，怎麼，那不要臉的傢伙還沒有給你們發工資嗎？我對她沮喪地點點頭，宋戴兒立刻狠狠地把一條活魚摔在地上，以借此替我發洩一下心中的憤懣，可是宋戴兒也沒有其他更好的辦法，我們都知道，一旦我就此離開，那將是一分錢也別想拿到。宋戴兒後來故意逗我開心，她詭譎地嬉笑著問我，說說你們「家」的那個傻ANDY吧，傻ANDY還在堅持每天接送你嗎？他爸爸──那個老不羞還在盼著你能留下來，做他家的媳婦嗎？

我佯怒著呸了宋戴兒一口。

ANDY確實一直在每天接送我，我們兩個同樣一起騎車上學，放學了，他先把我送到Taipei cabaret，然後再自己回家，估計我該下班的時候，他再回到Taipei cabaret，這個執著的傻小子，真的是讓我既感動，又無奈，好在那裡離ANDY的家並不遙遠，否則，我

真的無法估計，哪天會不會被他感動得「以身相許」。這天夜晚忽然下起了雨，伯恩茅斯的雨永遠那麼令人生厭，許是緊挨著海邊的緣故，每逢下雨必刮大風，在雨地裡，你根本無法撐傘。由Taipei cabaret出來，我激靈靈打個冷戰，我看見ANDY穿著一身墨綠色的雨衣站在路燈下，那個細長而單薄的身體裹起厚重的雨衣，看上去顯得驟然間粗壯了許多，他背對著風，密集地雨點劈劈啪啪地砸到後背上。他看見了我，快速地朝著Taipei cabaret門口跑來，一面跑一面急急地擺手，示意我站在那裡別動，來到我跟前，他麻利地拉開手中的塑膠包，取出一身紅色的雨衣，他默默地幫我穿起來，然後小聲地說了句，Let's go，又默默地朝著燈下的自行車走去。

我的身體呼啦一下子溫暖起來。

十

「漢奸」又重返課堂了，這是宋戴兒我倆的傑作，還是那個理由，我們現在畢竟還有夢在，我們不忍心看著夥伴早早頹廢。倘若從此就永不再涉足課堂，那麼，那個遙不可及的英國大學夢豈不是就已經宣告破滅了？我們曾在電話裡試著向他說「T」，誆騙說是「T」叫我倆找他，「T」要警告他，假如他再不回到課堂，那麼「T」就將要把實情通知他的家長。但「漢奸」根本就不在乎，因為「漢奸」早就瞭解了此事，他知道，在英國幾乎所有的寄宿高中裡，不論你讀的是哪一類，在每個學期末到來的時候，確實，班主任都要代表校方，與學生家長以一封信的形式進行交流溝通，但「漢奸」還知道——「漢奸」通著那幾個學習預科的福建老鄉「學長」嘛，像這種事怎能瞞得了他？只要你跟班主任打一聲招呼，你讓班主任怎麼「稟告」，他就怎麼「稟告」，即便你不向他招呼，

他也會把你在這裡的情況「稟報」得好得不能再好,至於你的成績……哼哼,那只有等到你沒能升入英國的某所高校時家長才會真正識得廬山。

我們又採取了第二個辦法,我們繼續誆他,說邁塞勒想他了,以前他總是圍著邁塞勒轉,現在突然就從人家身邊消失了,人家感覺很失落。「漢奸」將信將疑,說他有點信,是因為這傢伙一貫都自信得要命,輕狂得要命,一貫都認為自己無論是體魄還是容貌,都達到了一流酷帥的標準,達到了一個現如今男名模的標準;說他有點疑,是因為這傢伙畢竟很聰明,如此簡單的伎倆哪那麼容易就騙住了他?果然這傢伙哈哈地笑起來,這傢伙喜歡動不動就哈哈大笑,笑過之後他一本正經地說,我不信,你們快別騙我了,她都和「T」那樣了?還會惦記著我?我趕緊嘲笑他,我說「漢奸」,你傻了吧?這不是咱們國家,是英國,別忘了兩國之間的「文化」大相徑庭,和「T」那樣了,難道就不可以和你也那樣?「漢奸」還是將信將疑,於是,我把手機交給了早就等在旁邊的邁塞勒,我們早就哄好了邁塞勒,教過了邁塞勒。邁塞勒接過手機,一字一頓很認真地說,「漢奸」,你還是趕緊回到課堂吧,我們喜歡和你一起聽語言課!

「T」走進語言輔導教室裡,「T」這天來得早了些,自從「T」與邁塞勒發生了「呢喃」之事後,「T」常常早早就來到教室。「T」一眼望見了緊坐在邁塞勒身邊的「漢奸」,「T」的眉頭微微皺了一下。我們紛紛與「T」打招呼,Good afternoon? Good afternoon!「T」對我們淺笑了一下,點點頭,但目光依然注視著「漢奸」。「漢奸」用眼角的餘光乜了一眼「T」,沒有理睬「T」,繼續向邁塞勒胡侃著,炫耀著,吹噓自己在國內其實是整個閩北地區高中範圍內的籃球高手,他作為得分後衛,曾經帶著他

們的校隊，獲得過閩北地區的總冠軍，還曾代表閩北地區參加了05年中國高中級的中超聯賽。連我們都不知道中國什麼時候舉辦過這樣的聯賽，更別說只能聽得一知半解的邁塞勒了。見邁塞勒兩隻忽閃的大眼睛炯炯地望著自己，「漢奸」更來了精神，他一邊拉開上衣拉鍊，一邊眉飛色舞地說，你知道姚明吧？就是NBA，那個第一中鋒，全明星票王。哦，知道，知道，姚明——要命！一聽說姚明，邁塞勒也來了精神，怎麼，你們認識？「漢奸」喊地撇了一聲嘴，認識！豈止是認識？我和他是頂好的朋友了，你們請上眼，「漢奸」唰地一下，竟然魔術般從上衣裡面的口袋，掏出了一打他與大姚的合影照片。邁塞勒驚奇得一下子愣住了，大家也都愣住了，就連常常在我們面前不可一世的「T」，同樣也瞪起了他那雙藍汪汪的大眼珠子。「漢奸」倨傲地把照片分給教室裡所有的人傳看。這是屬於「漢奸」的語言課，是「漢奸「的時間，在這個冬日的下午他終於戰勝了一次「T」。

十一

　　伯恩茅斯氣候宜人，空氣濕潤，全年多雨，很少下雪。不過，06年的冬天卻一連下了好幾場雪，聖誕節蒞臨的夜晚，偌大而密集的雪花漫天飛舞，整座城市如同披上了一身潔白的節日盛裝，大街小巷張燈結綵，栽起了許多膨大的「聖誕樹」，樹上掛滿了糖果、巧克力和金色的風鈴……樹下堆起一人多高的聖誕老人，大人小孩頭上頂著聖誕帽，手裡抓著聖誕卡，人們又唱又跳，有說有笑，全都沉浸在喜慶的狂歡的氛圍裡。Taipei cabaret所有的西方人全都放假了，被強行留下來的幾乎全是from China。我有心也休息一天，但遭到無情的Abner嚴詞拒絕，Abner嚴禁任何一名中國來的打工

者，在這種能給他賺來更多鈔票的盛大的節日夜晚停止工作，他這天奇怪地叼起了一支英格蘭雪茄，臉比平日拉得更長，板得如同雪地上的一塊鐵，一直在廚間裡打轉，他一會兒看看這個，一會兒又盯盯那個，哪怕誰露出了一丁點兒的懈怠，他也會立刻衝過去，毫不留情地衝著人家來一頓嚴屬的訓斥。

我不知道我抱過多少杯子，多少碟子，多少盤子和多少碗，總之，我感覺在這個夜晚，我已經把我一輩子甚至是幾輩子的杯、碟、盤、碗全都抱過來了，我的腰和臀部仿佛被分開來一樣，一旦彎下去，就很難直起來，而一旦好不容易直起來，就再也不願意把它再彎下去，汗水濕透了衣衫，淚水砸到了腳面。我不知道自己圖的究竟是什麼，我問過自己，圖的是他的錢嗎？當然不是，我說過，我才不在乎夏編輯和蘇護士的經濟是否緊張，只要缺錢了，我就毫不猶豫地向他們要，而他們也從來沒說過不給，且從來沒發生過拖延。我只是氣不過，難道我就白白地為一個無恥的人付出那麼多勞動嗎？不行，我必須要拿到，一定要拿到那完全屬於我的酬勞。Abner越不給，我就越這樣想，我像中了邪一樣，每天準時跑到Taipei cabaret，一直幹到打掃完廚間衛生。可是，時至今日，都到了整個西方祥和的平安夜了，我仍然沒有見到Abner一分錢，我在心裡暗暗地發誓，倘若今天我再拿不到屬於自己的辛苦回報，我就讓那該死的Abner付出他應有的代價，讓他在平安夜裡休想平安！

大街上的火爆氣氛漸漸冷卻，Taipei cabaret客人逐漸稀少，喜慶的平安夜正悄悄地邁向闌珊。我看見Abner的長臉上終於露出了笑容，他用雪茄敲擊著手掌，給自己打著節拍，嘴裡不停地重複哼唱著卓依婷的臺灣歌曲「美麗的稻穗」。我手指間捏著一隻小碟子，一面把玩，一面走向Abner，我叫他，我說Abner老闆，Abner老闆……我一連對他叫了五六聲，他才停止了歌唱，但他意猶未

盡，手裡的雪茄繼續敲擊著手掌，他看了看我，臉上的笑容立刻收起來，他不高興地說，幹什麼？去去去，趕緊打掃衛生。我站著未動，也板起了面孔，一掃往日唯唯諾諾的言行，我加大了自己的聲音，有意要讓周圍的人聽到，我鄭重其事地說，Abner老闆，你不是答應聖誕節發給我們工資嗎？我現在就要求你立刻發給我們。我說得斬釘截鐵，絲毫不容他反駁。可是這個狡猾的無賴，把早就想好了的說辭，立即拋了過來，後天吧，明天給你們放一天假，後天上工來一分不差地全都補發給大家，現在趕緊抓緊時間，把今天的工作幹完。

Abner說完，裝作若無其事樣子伸個懶腰。

我知道，接下來他又該採取慣用的伎倆了，準要溜之大吉了。我提前擋住他要開溜的路線。他剛剛抬起的腿不得不停下來，瞇起的小眼睛裡倏地射出兩道惡狠狠的光，lowness thing! 他惡聲惡氣罵了一句，然後啪地把手中的雪茄拽到我的臉上。本來我就一肚子的火，我早就一肚子火了嘛，我沒想到這傢伙居然敢如此鄙視且欺凌我，我毫無畏懼，立刻對他還以顏色，我一揮臂，手中的小碟子嗖地朝他飛了過去，許是完全出乎他的意料，小碟子不偏不倚正巧從他的手背上滑過，手背立刻被劃開了一道大口子，鮮血涓涓地淌出來，滴滴嗒嗒地流到地上。廚間裡的人全都圍攏上來，不過沒有一個人理睬受傷的Abner，我看見人們的眼神裡無不流露著解恨的快意。Abner愣怔了片刻，環顧大家，嘴裡嘟嘟囔囔地說著，好好好，你們等著，告訴你們，誰也不准跑啊，我這就報警，讓員警把你們全都抓起來，他果真掏出了手機。

人們嚇得趕緊嘰哩咕嚕地溜走了。是呀，有誰不怕和員警打交道呢？更何況這是在異國他鄉，多一事不如少一事呀。廚間裡很快就只剩下了我們兩人，我和Abner怒目相視，我發現Abner，其實

他一直沒有撥打電話，我猜測也許他根本不敢打這個電話，或許這也是他以前曾經用過的辦法——借助外國員警來嚇人。正在緊張對峙的時候，廚間裡忽然闖進來一個人，我一看這個人居然是傻ANDY。傻ANDY可能是從跑出去人中打聽到了什麼，他滿臉的憤怒，不由分說，立刻衝上去，嘭一把揪住了Abner的衣領，他聲色俱厲地對Abner大嚷道，告訴你，Chink，她……is my girl friend! 你……現在……必須……把全部的錢……給她，or else，我明天就go to court……Abner完全被ANDY給鎮住了，沒想到他在我們面前飛揚跋扈，在英國人——而且還是一個有點傻的伯恩茅斯大男孩面前卻如此膽怯，如此奴才，他滿臉堆起了可憐的笑，誠惶誠恐地跑去經理室，很快又折回來，畢恭畢敬地把一涩鈔票遞到ANDY的手中。

<h2 style="text-align:center">十二</h2>

　　聖誕節是西方國家一年中最盛大的節日，就好比我們的春節，從12月24號直到翌年的1月6號，幾乎各行各業全都要放假慶祝。ANDY這個傻男孩別出心裁，非要請我出遊一天不可，說是要給我壓壓驚，我猜測這也許不是他別有用心，但難保不是那個狡猾的老機械師居心叵測。我本打算不去的，可是看著傻ANDY爛漫純真而又誠摯的眼神，我又如何能說出拒絕的話呢？何況我還欠下了他那麼多的人情。我只好和他商量，我說，叫上我的好朋友宋戴兒和「漢奸」一起去，可以嗎？沒想到傻ANDY非常爽快的就答應了，但是ANDY只同意帶上宋戴兒不同意「漢奸」，他說，他不喜歡「漢奸」那個人，尤其不喜歡「漢奸」色色的看著女人的樣子。我給宋戴兒打電話，宋戴兒一聽就咯咯地笑個不止，宋戴兒最後堅決地說她才不去做我們電燈泡呢。

　　老機械師肯定是居心巨測的，我看見他把他的傻兒子叫過去，父子二人做了幾次秘密的談話，隔著門縫，我無意中還聽見了他竟說出「porn」和「kiss」這種無恥而下流的詞條，這分明是擔心那個傻瓜不懂不會，在教那個傻瓜嘛。我還偷窺到，老機械師和他的傻女人，在一進到別墅的起居室裡，恬不知恥地欣賞A片，即便傻ANDY進去了，他們依然津津有味地看，保不準是他在有意讓他的兒子看到，在成心刺激他，誘惑他呢。更有甚者，老機械師居然買來了一大塊紅地毯和那麼多炸魚加薯條以及烤土豆，還有著名的愛爾蘭黑麥啤酒，有必要這麼大張旗鼓嗎？不就是隨便出去，到伯恩茅斯郊外或者海邊沙灘——那些所謂的旅遊景點玩一天嗎？我們平日又不是沒有見到過那種地方。我的胸腔像被硬塞進來一隻兔子，每每見到ANDY的眼神、ANDY的高高隆起的喉結和他那薄薄的微紅的雙唇，我的心就不由自主地怦怦地亂跳。

　　我不知道傻ANDY要帶我去哪，既然他，或者是他們父子「蓄謀」，故作神秘，隻字不提，我也就沒再「拷」問，我心想，反正伯恩茅斯又不大，反正是騎車，我就老老實實地跟在他身後，難道他還能把我拐到天邊不成？雪後的伯恩茅斯空氣更加的清新，更加的濕潤了，陽光的亮度似乎也比平日陡增了數倍，積雪已經全部熔化，但路面仍有些濕滑，ANDY騎著自行車，這天ANDY顯得特別興奮，單薄而細長的身體，總是抑制不住在車子上誇張地晃來晃去，ANDY一遍遍催我，叫我快些，再快些，和他並排騎。八九點的陽光照在ANDY的臉頰上，可以看見他的腮邊已經朦朧地長出一層細密的鬍鬚。更多的伯恩茅斯人均躲在家中過節，路上的行人和車輛相對稀少，我們一路穿街過巷，向市區的正西直行下去，不知不覺中我們竟來到了郊外，啊，伯恩茅斯不愧能獲得四季如春的花都美譽，即便是冬天裡，大片大片遼闊的田野依舊是綠茵茵的。

幾群牛和羊點綴在綠茵茵的田野上。

我們放慢速度，徜徉田野，繼續西行。天高，雲白，地闊，賞心悅目，心曠神怡。我們慢慢地接近西邊的大海，淡綠色的遼遠的草灘，窮極視力的水域，寂靜，靈動的馬達聲，似海的鼾聲。水很藍，是藍藻的藍。星星點點的遊艇，宛若歡快舞蹈中越出水面的浮魚。哇，好一條石岩！橫空出現在我們面前，奇特、壯觀、氣勢恢弘、美妙絕倫，長長的略彎出一點弧形，白得耀眼，映襯在藍天碧海綠樹間，像巨型的駱駝？飛奔的駿馬？游動的蛟龍？對，它更應該像是一條游動的蛟龍！我的眼球一下子被它吸擺住了，我再也抑制不住自己內心的亢奮情懷，伸出手掌用力拍了一下ANDY的肩膀，我叫他，我說ANDY，ANDY，我在學校裡，常聽他們稱頌石岩石岩的，難道這裡就是嗎？

ANDY抿嘴笑了一下。

我們下了車，來到石岩邊，ANDY用手指著橫臥在海水中如同蛟龍一樣銀光耀眼的石岩，依然用他那拙劣的華語倨傲地說，是，這就是……人們所說的……那道石岩，伯恩茅斯的石岩，世界上著名的……獨一無二的石岩，你……知道……它臥在……這裡多久了嗎？據史書記載，它已經有……6500萬年的歷史了。我瞪大眼睛，嘴巴洞張，恨不得立刻就衝進眼前這壯美的奇觀的懷抱，石岩上有一條窄窄的小路，那小路跟安徽黃山的「鯽魚背」非常類似，只是「鯽魚背」兩側乃是海拔數千仞的深谷，而石岩兩側則是數丈深的海域。我忽然想起了郭德剛的相聲，他說，從高樓上跳下去是啊——啪！那麼我想，如果不小心從石岩上掉下去，準是，啊——咕咚！但是，不管有多麼危險，我還是要登上石岩的，因為立在石岩上瞭望大海，你說，那感覺該有多爽！

ANDY背著小型旅行包，一隻手拉著我，我們小心翼翼地前

行，我不時地發出一聲驚叫，ANDY幾乎把我攬在了懷裡，我感覺到了他的體溫，感覺到了他的呼吸，我的心澎湃般蕩漾，面頰頓時掠過一陣又一陣灼燙，我們終於走到了一處略微寬敞的平坦的地方，我們停下來，ANDY卸下旅行包，打開，從裡面取出紅地毯鋪在石岩上，又取出炸魚加薯條和烤土豆以及愛爾蘭黑麥啤酒，放在地毯的中央，ANDY又開雙腿，一下子仰躺在地毯上，閉起雙目，做了一次長長的深呼吸。我站在毯子的邊沿，不再敢看ANDY，我看大海，太陽已升到了穹頂，這是一個無風的日子，伯恩茅斯很難見到完全無風的天氣，海面平靜得如同一面無邊的大鏡子，但我卻止不住地心猿意馬……

十三

我搬進了學校的公寓裡，宋戴兒也搬了進來。聖誕節過後，有些「小留」輟學了。宋戴兒我倆住進同一個房間。她挨著門，我挨著窗，一見面，我倆就高興地來一次熱烈地擁抱，宋戴兒還狠勁兒吻了我幾下額頭吶。「漢奸」聽說了此事。第一時間就跑過來慰問我們，「漢奸」還非要為我倆開一次party，以示慶賀，他拿出錢來，吩咐宿舍管理員，為我們做比薩餅並即席準備咖啡，我們倆感動得就要獻出腮頰，一人賞給他一個輕吻了，可是，我們突然發現了邁塞勒，邁塞勒從樓道的盡頭，正邁著舞姿一樣的步伐款款朝我們走來。原來這個狗「漢奸」竟是拿我們倆當幌子，找機會再進一步親近邁塞勒。

自從那個下午「漢奸」勝利一次之後，天生喜歡運動的邁塞勒幾乎成了他的粉絲，她常常追著他，動不動就央求他，能不能把那些他與姚明的合影照片簽上他的名字贈給她幾張。其實，我們所有中國

「小留」都知道，那些照片肯定是「漢奸」花錢找人用電腦製作的。他哪有機會與姚明照那麼多合影？或者，姚明哪有那麼多閒情逸致陪他一起玩？也就是邁塞勒——一個埃塞俄比亞窮沙漠上的孤陋寡聞的女孩才會相信這種彌天大謊，她還把上海和閩北想像成兩個相互連接的小型運動場呢！不過我們誰都不戳穿「漢奸」，因為這樣，就可以把「漢奸」拴在課堂裡，也因為這樣，他就擁有了兩個夢，迷茫的歲月中，有夢總要好過無夢，夢畢竟能給人帶來一定的嚮往。

春天隨著我們癡人般的夢悄悄地駕臨了伯恩茅斯。伯恩茅斯郊外的田野濃綠了，市區也濃綠了。可是，我們的內心深處卻越來越沼澤。我們每天依然迷惘地忙碌著，上課，打工；打工，上課，周而復始。打工是為了調節乏味的生活，使我們更像個大人；上課卻只是一種彷徨的等待，類似於監獄裡服刑的犯人。某個週末，「T」突然給我們安排了一項作業，要求每人必須完成一篇文章，並強調說這篇文章，其實就是為了給我們每個「小留」語言課最後定成績做個依據。文章規定了嚴格的範圍，就是對伯恩茅斯郊外的任何一家農民做一次生活紀實訪談。這一下可愁壞了我們，我們哪都不認識，誰家都不認識啊，難道讓我們硬闖進誰家，向人家說明情況，然後再進行訪談？我們看見「T」把邁塞勒叫到了樓道裡，我們知道「T」肯定是在指點邁塞勒，或者乾脆承諾邁塞勒，說不用她搞了，他會把一切都給她辦妥也說不定。我們期待著邁塞勒。但是，回來之後的邁塞勒，其臉色告訴我們，指望她，此路是萬萬不通的。

放學的鈴聲響了，我們誰都沒有離去。我們一起商討雙休日行動，有的說闖就闖，不闖咋辦？有的說，要不，進到某個村落，先在村街上向人打聽，和人閒聊，看哪戶人家熱情，誰家熱情我們就進到誰家。英語好的，當然可以，英語不好的，怎麼和人家閒聊？宋戴兒看著我，「漢奸」也看著我，我從他們壞壞的眼神裡窺

出，這兩個傢伙一定是在打我的主意，打ANDY的主意。我還不知道一旦ANDY做了我們的嚮導，自然就會一切順風順水，而且我還知道，假如我給ANDY打了電話，那麼ANDY肯定會百分之一百願意效犬馬之勞。但是……但是那勢必要勾起那傻小子過去的所有情愫，哎呀，其實在石岩的那日也怪我，誰叫我非要在臨回家之際主動送給他一個香吻呢……

我嗔怒著瞪宋戴兒，瞪「漢奸」，我警告他們，我說，別打他的主意啊，我堅決不會同意的，誓死也不會那麼做的。可是，他們看著我的眼光卻緩緩地由我的臉移向教室的門口，那眼光本來是帶著鬼笑的，可隨著視線的轉移，漸漸換成了一種尷尬，他們慢慢地起身。我回過頭，啊，我看見了ANDY，那傻小子不知啥時居然已來到了門口。我的臉騰一下滾過了一層灼燙。我低著頭，紅著臉朝門口的ANDY走去。ANDY退回了樓道裡，他靦腆地輕踢著自己的鞋尖，我問ANDY，我說ANDY，你不是答應永遠不再找我了嗎？怎麼現在……ANDY，繼續踢著鞋尖，白皙的臉似蒙上了一層紅紗，他囁囁嚅嚅的，我……我……你們明天……是不是……要去郊外訪談？我說，對呀，可是你怎麼知道，這是今天下午才通知的呀？ANDY的臉更紅了，成了豬肝色，噢，我的轟地一下明白了，原來這傻小子雖然表面上不再來找我，但私下裡卻一刻也沒有停止過對IB2－4的關注，對我的關注，我的心底被嘩地注滿了幸福。

十四

ANDY做了我們的嚮導。

我們一行5人，ANDY、我、宋戴兒、「漢奸」和邁塞勒，我們每人騎著一輛自行車，迎著早晨暖融融的燦爛的朝陽東下。這是傻

ANDY的主意，ANDY說，雖然市區有很多通往鄉下的Yellow buses和 Red buses，但那些車輛並不能保證永遠那麼準時和及時，而騎自行車則相當便捷。我們邊行邊聊，「漢奸」喧賓奪主，強搶了ANDY的位置，幾乎成了5人小組的主角，這傢伙可逮到了好機會，一路上把他喜歡吹牛的本領展現的淋漓盡致，他跟邁塞勒吹噓中國的乒乓球，吹噓跳水，吹噓女子舉重，吹噓劉翔，吹著吹著，居然吹起了邢惠娜，他說雅典奧運會萬米冠軍邢惠娜其實是他的遠房表姐，他還拍著自己的長腿說，如果不是他父母給他選錯了行，如果他從小就開始練習中長跑，那麼世界中長跑冠軍就不可能全被肯尼亞和埃塞俄比亞人瓜分，直說得邁塞勒一個勁地扇乎兩隻美麗的大眼睛。但是，這一次邁塞勒似乎有所不信，邁塞勒用生硬的華語辯駁說，不對，不對，我早就聽專家分析過，說我們非洲沙漠黑人人種，腳弓最深，腿部肌肉最密集結實發達，是天生長跑的材料，你怎麼能說是你呢？「漢奸」一下子啞口了，他懊悔自己竟幹了班門弄斧的蠢事。

　　ANDY終於有了說話的機會。ANDY向我們介紹，說英國是全世界發達國家中農村勞動力轉移最早、且邁向城市化也最早的國家，農村大部分人口都在城市打工，別看伯恩茅斯外有那麼多大片大片的田野，其實十之八九種的不是糧食，英國更多農村是以畜牧業為主，遼闊的土地種植的幾乎都是馬鈴薯、亞麻和綠油油畜牧草。他認識Gulmtree小鎮的一個農場主普斯頓，一年前他隨同學們訪談過他。普斯頓擁有8000公頃土地，1200公頃林地，管理著18家租賃農場，7家合股農場和5家家庭農場，而每一家農場裡，光一個牛場大約就飼養著120頭奶牛和700頭肉牛，年均可生產260萬升牛奶和15萬公斤牛肉。但是由於生產全部是由電腦控制，比方說從對奶牛營養狀況的測試，到對奶牛的清洗消毒……最後到擠奶量和擠

奶的控制，所有勞動都是應用電腦來完成，因此，他那麼多農場，那麼多工作，所有雇工全部加起來一共才只有70人。

　　大約中午，我們趕到了Gulmtree小鎮。長時間的急行，我們都有些招架不住了，一個個饑腸轆轆。在ANDY的帶領下，我們很快來到一家farmer eatery。我們扔下車子，瘋野般衝向前去，恨不得把那裡的食物全部吞進肚子裡。可是，當我們衝進門口的一剎那，我們全都嚇得呆住了，轉瞬又都嘰哩骨碌逃出來。我們看見六個「野人」居然逗留在farmer eatery的前廳，他們席地而坐，皮粗肉黑，長而骯髒的毛髮披散著，滿腮濃密的鬍鬚，基本赤身裸體，只在生殖器處圍了少許的草製護套，每人手裡各抓著一隻烤野兔，像森林裡的狼一樣，正用他們白燦燦的尖牙撕咬著半生不熟的兔肉。ANDY也傻了，但ANDY不相信伯恩茅斯的郊外會有「野人」，更不相信「野人」還能大膽地跑到餐館裡用餐。ANDY欺近視窗，將臉貼向玻璃，他看見「野人」見到我們的眼神惴惴不安，ANDY還注意到，在通往餐館後面的過道處，對著「野人」竟支著一架錄影機。

　　於是，ANDY叫我們。饑餓迫使我們不得不重新走進餐館，我們小心翼翼地尾隨著ANDY，ANDY對裡面大聲叫，boss，boss。沒有人回應。六個「野人」驚慌失措地站起來，抱著烤野兔龜縮到牆角。ANDY又高喊了兩聲，依然沒人出來，他朝「野人」走過去，他說，Hello! Understand me? Understand me?「野人」們貼到牆壁上，無法再躲，驚恐萬狀的樣子仿佛要尋個地洞，立刻鑽進去。ANDY還在往前走，他要挨到「野人」了，「野人」的眼神由驚悚轉為絕望，絕望了剎那後突然放出了凶光。我剛感覺出不妙，剛剛喊出ANDY，快回來的話還沒容說出口，就看見兩個「野人」以迅雷不及掩耳之勢，便把瘦弱的ANDY麻利地扭起來，踩在了腳下。ANDY的細脖子被他們踩得透不過氣來，他在地上奮力掙扎著，同

時發出暗啞的嚎叫聲。我不顧一切地衝上去，那一刻我完全忘卻了危險，我撲向踩住ANDY脖子的那隻腳，我就想搬開那隻腳，可是我沒能如願，我不可能如願的，我的脖子也在眨眼間被另一個「野人」踩在了光腳板下。起初我還能睜開眼睛，我看見邁塞勒恐懼得抖成一團，「漢奸」永遠是個可惡的「漢奸」，什麼迫在眉睫的危險時刻都忘不了親近他所喜歡的人，他居然絲毫不把我和ANDY的生命安全放在第一位，居然趁機緊緊地抱住了邁塞勒。我聽見宋戴兒大聲地哭起來，她一面哭，一面大聲的呼救，來人吶，快救人啊，慌亂中她可能忽然意識到她喊錯了，於是，又連忙改口，接著大聲喊，help! Help! Help……漸漸的，我的視線模糊起來，意識也朦朧起來……

十五

在南太平洋島國瓦努阿圖，有一個世界上最原始的小島，叫坦拿島，坦拿島位於瓦努阿圖群島的最南端，該島上生活著卡斯塔姆原始部落的土著人，這些土著人全都居住在泥棚屋中，他們身上一年四季不穿衣服，除了種植單一的莊稼、養豬和狩獵外，他們平日裡就只坐在菩提樹下休息。他們從未見過任何錢幣，在他們之間唯一流通的「貨幣」便是豬。他們從來不知道摩天大樓、飛機、汽車、電視甚至是電，現代社會對他們而言，就如同地球人到了外星一樣。這一次，伯恩茅斯「travel of discovery」電視節目攝製組，專門請來了坦拿島上卡斯塔姆部落六位土著人，攝製組躲在背後錄製，把他們放在摩天大樓裡，放在伯恩茅斯的大街上……帶他們到農村的小酒館。六位原始部落的土著人，並非像攝製組最初想像的那樣見到什麼都感覺新奇，而是他們看到一切都反應出萬分

恐懼，他們恐懼富麗堂皇的建築，恐懼眼花瞭亂的大街，恐慌奔馳的車輛，恐懼各種聲響，尤其恐懼看上去與他們非常不一樣的人。攝製組抓拍到了許多有趣的耐人尋味的故事。當然也包括我們在Gulmtree小鎮這家farmer eatery的危險奇遇。

　　我和ANDY被衝出來的攝製組人員解救下來，ANDY的脖子受了傷，我的脖子也受了傷，我們好久驚魂不定。攝製組人員一個勁兒地向ANDY賠禮解釋。ANDY完全傻了，直到他木訥訥地從人家手裡接過200英鎊賠金，土著人和攝製組全都離去了，他依舊未開口說話。我輕柔地撫摸ANDY的脖子，宋戴兒也走過來幫我撫摸，我倆趴在他耳邊小聲地呼喚他，我一句，她一句，ANDY——ANDY——ANDY漸漸地恢復了神志，我們聽見他突然啊——地長吼了一聲，接著衝口問我們，邁塞勒呢？「漢奸」呢？是呀，那兩個人呢？我們這才注意到，同來的夥伴不知啥時已經不在farmer eatery了。莫非他們被土著人掠走了？不可能啊，以「漢奸」的狡猾，他才不會讓自己陷入「野人」的手中呢，再者，六個土著人明明已經被攝製組領走了啊。

　　我們忘記了饑餓，忘記了剛才的兇險，由farmer eatery衝出來，我們看見那5輛自行車都還在，於是，我們沿著Gulmtree小鎮的主街急匆匆尋找，我們邊走邊喊，「漢奸」——邁塞勒——邁塞勒——「漢奸」——此時，小鎮上的人差不多都剛剛用過午飯，人們聽到街上有人一路猛喊，紛紛由自家的別墅裡跑出來，街口剎時聚集了許多人，人們交頭接耳相互詢問，但誰也不明白，一個瘋狂的英國大男孩和兩個東方女孩究竟在搞什麼鬼。我們找遍了主街，沒有發現他們的影子。我們跑到bus－station，仍然沒有見到他們。我忽地想起來，真是急瞎了眼了，我幹嘛不打個電話呢？於是我連忙掏出手機，撥通了「漢奸」的電話。電話嘟嘟地響，可是就是沒人

接聽。宋戴兒撥打邁塞勒的手機，但剛一接通，就被人掛斷，再撥打，再被掛斷。我們愈加迷惑，愈加慌亂了。ANDY摸著自己的腦門忽然說，我們回farmer eatery。

宋戴兒很固執，一路不停地撥打電話，這次是邁塞勒，下次是「漢奸」，輪番地呼叫。我們重新回到farmer eatery。farmer eatery已經安靜，宋戴兒支棱起耳朵，她突然叫我們，她說，你們別動，仔細聽。我們聽見像是「漢奸」手機的「兩隻蝴蝶」從farmer eatery背面傳來，再仔細聽，似乎還有邁塞勒與人爭吵的聲音。我們小心地由側面的小路逡巡過去，邁塞勒的聲調越來越高，她一字一頓地說，你放我出去，我們不能至朋友於不顧，那樣太不仗義。只聽「漢奸」假惺惺地勸導她，不行，我不能放開你，因為無論是你去了，還是我去了，我們都救不了他們，只能是多兩個人陷入危險，你沒看見那些野人多凶？也許他們還吃人肉，喝人血吶，說不定這會兒夏米蘇已被吃了吶。不會，不會，我不再信你了，你沒看見夏米蘇都打來電話了，這說明，他們這會兒已經安全了，你趕快放開我，我要去看他們，去安慰他們。不行，我不放，我就是不放，我就是要保護你，不叫你受到任何傷害。我們由側牆站出來，看見「漢奸」把邁塞勒緊緊抱住擁住，緊緊地把她「呵護」在farmer eatery的後牆上。

我憤怒地衝過去，乒乓地攂擊「漢奸」。

ANDY十分鄙夷地喝住了我！

十六

有人說，或者是為我們辦理留學的仲介公司極力渲染，在英國上寄宿高中，你無需提供合格的雅思成績或語言成績，便可以非常

順利地就讀英國的多所知名大學，諸如劍橋、利物浦、謝菲爾德、格拉斯哥、溫徹斯特等，與眾多諾貝爾獎金獲得者同享一片知識的海洋。夏編輯和蘇護士就相當激動，就深信了這種空穴來風似的傳言，其實完全不盡然。不過，如果讓我就此全部否定這些傳言，那也確實是冤枉了部分人，不用雅思實有其事，但並非非常順利，你必須要通過A-Level Exam，而且拿到相應的等級，否則，莫說知名大學，就連最最普通的英國高等學院，你都休想踏入半步。

我們終於在熬過了那麼多彷徨等待的日子後，迎來了A-Level Exam。但面對決定我們人生命運的A-Level Exam，我們一點都不興奮，也不存在絲毫的壓力，因為我們非常瞭解自己，像我、像宋戴兒、更別提那個該死的「漢奸」，類似於我們這些較差的，就讀於英國寄宿高中的許多中國「小留」們，想通過A-Level Exam，拿到自己理想的等級，其實那僅僅是這些孩子們家長一場美麗的夢而已。A-Level Exam後，那將是我們告別伯恩茅斯，告別英國的時候，是家長們美麗的夢破滅的時候。

邁塞勒則不然，以邁塞勒平時的成績，考入伯恩茅斯大學，或英國的其他普通院校，應該是十拿九穩的事，因此A-Level Exam臨近的這幾天，這位日本籍的埃塞俄比亞的漂亮、性感的黑人MM顯得尤為緊張，她頻頻地往「T」那裡跑，向「T」請教各種考前考中的經驗以及應注意的一些雞毛蒜皮的小事，我們都嘲笑奚落她風聲鶴唳，草木皆兵了，實屬是一隻見識淺薄的井底之蛙！她的身前身後身左身右，已經見不到「漢奸」的身影，好像，自從那日，在farmer eatery的牆後，他被她朝臉上呸了一口唾液之後，他再也沒在她身邊出現過，他大約都沒有再登臨過一次課堂。

但有一個人卻顯得替我非常緊張，那就是ANDY，ANDY不再固守對我曾經的承諾，雖然學校已經放假，通常英國A-Level Exam

前，學校差不多總要放假兩週，但他每天都要跑來IB2-4，放學了還要很長時間地停留在公寓宿舍。而每每ANDY到來後，宋戴兒就知趣地默默地躲到一邊，其實ANDY我倆也似乎早沒了多少話要講，在我看來，他只是來坐坐，來看看而已，而且，他每來一次，我們沉重的心情定會莫名地加劇一次。ANDY時不時地就會歎氣一聲，他再也沒有了我在他家居住時的那份躊躇滿志的神態，常常悶在我的身旁，不聲不語，抱著一本他自己的書，偶爾翻上一頁，不知他的意識是在書裡，還是跑到了九霄雲外。而ANDY離開時的樣子，又總是走幾步，停下來，再走幾步，再停下來……悵然若失，讓人心頭不禁點點地沉下去。

　　離A-Level Exam還有兩天，這天下午，IB2-4外面的樓道忽然喧嘩起來，我們紛紛擁到樓道裡一看究竟，啊，樓道裡居然有人明目張膽的叫賣A-Level Exam的各科試卷，每科試卷最高賣到1000英鎊一份，我們不知是真是假，雖然早就聽說過英國「高考」試卷有被盜的醜聞，《每日電訊報》就曾報導過，但不敢想像這樣的猛料居然就驚現在我們的教室外。不管怎麼，這對我們差等生而言，倘若死馬當成活馬醫，無疑又陡然平添了希望，於是，我們商量著紛紛湊錢，各科都要了一份，我們拿到學校外面，複印成人手一冊。傻ANDY冷眼旁觀了全過程，但ANDY始終沉默未語。我抖著試卷問他，我說ANDY，如果這是真的，我就能考上了，難道你不高興嗎？ANDY仍舊緘口。ANDY依然陰霾般的表情無疑給我突獲試卷的喜悅兜頭潑了盆涼水。

　　我不再懷有任何的僥倖心理。

　　果然，那些試卷全是假的。

　　就像我們的高考，一年一度的英國A-Level Exam很快就硝煙散盡了，它如同歷史長河中一個非常平凡的足跡，伯恩茅斯這座大西

洋海岸的美麗城市，那美麗終歸是屬於別人的，我和宋戴兒等，
再沒有什麼可以依戀，A-Level Exam剛剛結束的第二天，我們便打
點自己的行囊，乘車前往了倫敦，我們不願意再回首，再停留，
一下車便匆匆地直奔機場，直到臨登飛機，我似乎才忽然意識到
一直默默跟隨著我們，為我們送行的ANDY，於是，我在心裡說，
ANDY，ANDY，你是個好男孩，你是我一輩子都不會忘記的男
孩，我永遠地祝福你！但是，站在懸梯上，我最終還是沒能忍住，
我還是回首了，我看見ANDY的眼裡，在明媚陽光中，流淌著伯恩
河一樣的潮水，我再也抑制不住，淚水奪眶而出，滂沱洶湧，我高
聲地朝ANDY喊，ANDY──ANDY──ANDY──

　　……

（刊於《長江文藝》2008年第8期》）

夢滅愛爾蘭

　　北京，倫敦，都柏林，科克，經過一番累死累活的奔波，我終於站在了Lee河邊上一個黑色鐵柵欄圍起的花園前。香氣四溢的花海中間，佇立著一幢黃褐色牆體的帶有兩個閣樓的三層小樓。九面矩形的玻璃窗直面著Lee河，夾在廊柱間的羅馬式拱型門典雅大方，蔥綠而茂盛的青藤爬滿了小樓的兩側。這可能就是我此後一段時間的家，想像著每天生活在這樣幽靜、溫馨的環境裡，看著綠水清波，聽著淙淙的河水流淌，時時聞著淡淡的海腥，心裡禁不住湧起陣陣的欣慰感。

　　我的房東Ronald先生是位很熱情的老人，退休於一家機械廠。他喜歡交友，酷愛讀書看報，一有機會就炫耀他年輕時曾打過斯諾克聯賽，獲得過什麼獎牌獎盃。他的客廳像個小型的閱覽室，又像個展覽室，十分有序地擺放著各種報紙、雜誌以及他的獎牌獎盃，如果有誰哪怕是因走錯了而誤入到他的客廳內，他也會立刻起身，迎上去，展開他微笑的胖臉，甚至拉住你的手，不容推辭地將你挽留住，即而眉飛色舞地給你講上一遍他「傳奇」的人生。

　　我們的樓裡共住了八名房客，一對來讀碩士的德國男女，一個牙買加裔的義大利混血兒，一個英國佬，一個奧地利女孩，還有兩個則是不愛理人的福建同胞。德國男女似乎秉承了馬克思的「遺傳」，像兩個深沉的「思想家」，常常把自己關在房間裡，神神祕祕地研究什麼東西，一整天也不邁出一步。牙買加裔的義大利混血兒像個大學生，蓄了滿臉的大鬍子，一頂花格子的鴨舌帽總是低低的扣在腦袋上，他好像患有比較嚴重的過敏性鼻炎，常常面對著早

晨的窗口,驚天動地地打上一連串的大噴嚏,和那個可憎的英國佬類似,兩人均沒有飯後洗刷餐具的習慣,而是胡亂地堆放在廚房裡,直到再也找不出一個乾淨的盤子,才會捲起衣袖,猛洗一番,然後借著這股興致,又擦灶具又清理垃圾,不過這樣的場景一兩週也不見得遇上一回。英國佬和奧地利女孩,不知道是幹什麼的,也看不出像幹什麼的,他們喜歡愛爾蘭的沙灘,喜歡科克市比比皆是的咖啡館兒,他們要麼去日光浴,要麼就去喝咖啡,反正很少待在房子裡,仿佛他們有著無窮的精力,每天蹦蹦跳跳地離開,再蹦蹦跳跳地回來。我們的同胞則是和我不謀而合,打著來愛爾蘭學語言的旗號,前來打工謀生。七個人有一個共同的特性,那就是,誰都不把Ronald先生的熱情放在眼裡,誰都對他津津樂道的「傳奇」心不在焉,有些時候,他們甚至絲毫不掩飾他們臉上厭煩的表情。獨有我對Ronald先生的好客總是回以濃厚的興趣。

Ronald先生不僅會說幾句簡單的華語,像你好,節日快樂……他居然還很瞭解中國。他知道中國近30年前就開始搞計劃生育,知道中國現在已有超過13億多的人口,知道中國如今每年有6、7百萬的大學畢業生,或者相當於大學學歷的高職高專人員,還知道這些人蜂擁著從校園走進社會,而他們的就業,卻一年比一年困難,失業率一年比一年增高。他深深地為這一代人的不幸感到難過。他告訴我,僅從03-06短短的兩三年裡,差不多就有18000名的中國人來到了愛爾蘭,而這些人十之八九都是假「留學生」,他們舉著求學的幌子,混跡到愛爾蘭的各個角落,各種行業,他們有的甚至隨便在哪一間語言學校裡交上學費,然後就懷揣著學校為他們出據的虛假出勤證明,四處奔走,拼命打工。作為歐洲人口密度最小的國家,Ronald先生介紹,愛爾蘭的勞動力是極其缺乏的,外來人員很容易就能找到一份薪水不菲的工作,而中國的「留學生」大體在餐

館兒裡刷盤子，在大型超市做清潔，在酒吧作招待，在小賣店當店員，在賓館裡做服務生，或為食品廠做流水操作。有的甚至每天幹著三份以上的活，因為超市清潔多在早晨，刷盤子多在下午，而酒吧招待多在晚上。

我成了Patrick Street的新寵，這條科克市的比我們城市月牙街還要短的主要商業街處處撒下了我的足跡。愛爾蘭是歐洲除了英國以外唯一的英語國家，他們說著比英國更純正的英語，我雖說沒有考過托福或者雅思，但我的英語水準應付街頭對話遊刃有餘。我以一種從容不迫的心態遊覽Grand Parade和Coal Quay Market，我不放過任何一處賣場，甚至每一處小小的地攤。我請小Daisy吃愛爾蘭巧克力，帶著她去bistros或酒店裡吃中餐。這個15歲的混血兒MM，是春節的時候，我在我們城市新結識的朋友，她母親是我們城市土生土長的，父親是愛爾蘭人。小Daisy請我參觀布拉尼古堡，去看Anne's Church裡面的撒旦鐘，去一睹19世紀歐洲最大的軍火製造廠，去泡吧，一起喝地道的愛爾蘭Guinness黑麥啤酒，聽愛爾蘭民謠，觀賞愛爾蘭歌舞表演。

科克遠不如宣傳中的文字具有吸引力，正所謂觀景不如賞畫，幾天下來，我又重陷與家鄉同樣的鬱悶和無聊——80後新失業者的通病。我再也不願目睹綠水清波的Lee河，Lee河淡淡的海腥成了我呼吸的負擔，香氣四溢的花海漸漸在我心中滋生出鬱結，我也開始膩煩老機械師的「好客」，那哪裡是好客？分明就是一位外國老人患上了健忘症，一遍遍重複的嘮叨簡直在折磨人的耳朵。還有德國青年的深沉，英國佬的傲慢，奧地利女孩整日整日的爛漫無憂，以及那個雜種驚天動地的噴嚏，所有的這一切，通通給我的視覺和聽覺造成了極大的不適。我根本不理睬那對福建的鳥男女，他們比我早來不了多久，在我面前，竟擺出一副老「江湖」的氣度，剛開始

聽說混跡在都柏林，三個月前「流浪」至此，生怕我知道了他們做清潔、刷盤子、當招待，幹著愛爾蘭下九流的工作。他們時常因為一點點小事而大聲地齟齬，不堪入耳的閩北語吵得人無法休息。每當這個時候，我就聽見英國佬怒氣衝衝地竄出房間，重重地拍打他們的門，然後口裡不停地喊著Fuck，Chink，命令他們shut up，讓他們Go back home。但兩個似乎喪失了禮教的傢伙安靜不了幾分鐘，更加激烈吵嚷也會再次掀起。而每次這樣的吵鬧，總是很有規律地以瘋狂的做愛和不加節制的叫床聲慢慢止息才宣告結束，他們簡直丟盡了中國人的臉。

　　一個週末的下午，按照預約我去拜訪了前輩——小Daisy的母親，也是為了進行感情投資。這位工作在科克大學的華裔教授是個十分懷舊的人，她家裡的許多地方都透著故鄉的氣息。一整個下午，她幾乎把我「拴」在客廳裡，興致盎然地問我老城區還有沒有賣切糕的？還有沒有做驢打滾兒的？還有沒有炸黏火燒的？還有沒有沾糖葫蘆的？她說她喜歡在冬天的黃昏，背著書包走在放學的路上，雙手捧著一塊熱騰騰的烤紅薯，喜歡聽小街筒裡嚇人一跳「碰」爆米花的巨響，總也欣賞不夠吹糖人的魔鬼般的技藝。她向我誇讚起金魚河，她說金魚河不像Lee河那樣連著海，直通著大西洋，金魚河的水永遠泛著微微的甜意。她小的時候，金魚河還在郊外，還沒有被改造，當然更沒有污染，平坦柔軟的沙土灘，綠油油的天然植被，每到暑期裡，她常常像個瘋丫頭，和夥伴們一起跑到那裡去戲水，去捕魚捉蝦。金魚河的魚蝦格外香，尤其是那裡的泥鰍，在院子裡的小灶點上柴火，放點豬油，再用甜麵醬和蔥薑蒜一噴，貼上幾個黃燦燦的玉米麵餑餑，滿院子就會立刻飄起久久的醺醺的清香。她向我提起正月十五的花會，津津有味地暢談秧歌、太平車、高蹺、旱船、獅舞、龍燈、霸王鞭、猴背傘、老漢背妻、和

尚拐媳婦。小Daisy的父親非常努力地在櫥間裡為我們準備晚宴，直到他招呼我們去餐廳，Daisy母親的懷舊思緒才不得不暫告一段落。

8月幾乎是北半球的學校都休假的日子。

我不能乾等下去，坐吃山空，倘若科克大學不聘我，做不成華語教師，屆時貸記卡又透支一空，我豈不要死無葬身之地？愛爾蘭不是中國，不是憑人情的社會，雖然小Daisy的母親願意為我引見，又雖然現在的愛爾蘭華語熱得一再升溫，但若想獲得真正的成功，一切還要靠我個人的能力。我思考著，在接下來的這段等待的時日裡，應該嘗試著去打工賺錢，我才不在乎是刷盤子，當招待還是做什麼服務，反正又不是家鄉的那座小城。我連續問了幾家小賈店和咖啡館兒，可人家一聽說我是中國來的留學生，均都露出歉意的神色，誇張地搖著腦袋說No，後來有一個好心的Uncle告訴我說，不是他們不願意用我，是2004年的12月，愛爾蘭教育科學部、司法部先後公佈了有關非歐洲經濟區的留學政策、還有學生簽證及工作許可的新規定。新規定指出，除註冊攻讀愛爾蘭教育科學部認可的證書課程且學習期限不少於一年者外，2005年4月18日以後進入愛爾蘭的、來自非歐洲經濟區的留學生將不得進入勞動力市場，包括學習預科課程和語言課程的學生。

這些規定有如當頭冷水，不過，仔細想想，沒必要垂頭喪氣，我不相信科克市的小老闆們都那麼奉公守法，就沒有一個膽大的，愛爾蘭還規定了每小時的最低工資10歐元呢，我只要8歐元、7歐元，你用不用？我試著走進了一家小飯店，老闆居然是個叫Kevin的香港人，在Kevin得知我每小時只要7歐元時，他立刻就高興地領我去了後面的操作間，他指著清潔池裡堆積如山的餐具狡黠地說，原來他請過一個華崽的，那個華崽7歐元，只是，他常常不能及時地完成工作，Kevin問我每小時6歐元幹得了嗎，我對他堅定地點點

頭。我在科克市的鐘點工就這樣有了著落，為了顯示我的忠誠和能幹，我立刻換上了Kevin拿來的工作裝。我幹得很賣力，比在家鄉幹保潔還要賣力，自我感覺也很出色。可幹著幹著，前面突然傳來了爭吵聲，是三個人的爭吵，一個是說著香港英語的小老闆，另兩個一男一女，則是我非常熟悉的閩北語，和老機械師別墅裡罵人的語氣一模一樣，唯一不同的，這一次不是兩個閩北語對罵，而是閩北語同時對抗Hong kong's 英語，Hong kong's 英語顯然是敗下陣來，男閩北語一路衝過了前廳，衝到了我正在努力工作的操作間，也許正如他所料，他看見果然是有人搶了他們的工作。但是他怎麼也沒想到是我，四目相對的一剎那，我們倆都愣住了。

　　Ronald先生的別墅裡第一次爆發了「中國內戰」，戰爭發生在我與那個福建哥哥之間。以我的性情，我從來不和人打架，哪怕是口水戰，我自知不具備那種強壯的身體素質，我各種動作都不是很協調，怎麼能和人動手過招呢？但面對生死，人身體裡的潛能總會在瞬間迸發，我畢竟有超過他大半頭的身材，畢竟長了幾乎大過他一半的拳頭。也怪那個福建姐姐，我也不知道怎麼會如此，當我和福建哥哥互相用語言攻擊的時候，我無疑處在了下風，福建姐姐居然恰在此時出人意料地跳到了我這一方，她居然幫著我阻擊她的「老公」，她突然破口大罵，罵他跑到異國他鄉來丟人現眼，罵他騙了她，把她騙到外國來伺候人，來受罪，弄得她遠離自己的親人，罵他沒本事，罵他是個混蛋，是個賤種，罵他不是男人，是個豬狗不如的畜生，罵他根本就不配活在這個世上……她的突然倒戈和惡毒的咒罵，讓福建哥哥如同瘋狗一樣倏地從口袋裡抓出了一把彈簧刀，他舉著亮閃閃的刀子，瞪起銅鈴般的眼睛，先看看我，再瞅瞅福建姐姐，也許是他懼怕我的虛表塊頭，冷不丁地就朝站在門口的福建姐姐猛衝過去。福建姐姐嚇傻了，一動不動地立在那裡，

眼看就要白刀子進，紅刀子出，我一個箭步竄了上去，我也不知道是什麼給了我這麼大的勇氣，大概是成為NEET族以來，積壓在胸中的羞辱感的噴張，一個從小就比較怯懦的男人，居然能在眨眼間奪下那把可怕的刀子，居然能把一個男人摔倒，摁在地，騎在他身上，且把雨點般的拳頭沒命地砸向他的腦袋和面頰，直到英國佬竄出來，老機械師跑過來，德國青年和那個牙買加裔的義大利混血兒一擁而上把我拉起來，看著福建哥哥滿臉是血地哼哼，我才開始恐懼，才開始戰慄，我在心裡問自己，誰幹的？這麼大膽，是我嗎？我能幹這樣的事？我摸了一下自己的手，我懷疑剛才一定有什麼東西支配了這隻手。

我越來越恨那個叫Kevin的傢伙，不是因為他奸猾刻薄，不是因為他把我們這些中國來的「留學生」當成他賺錢的工具，也不是因為他給我和福建哥哥之間製造了不可調和的矛盾，完全是因為他平時對人說話的鄙視口氣，他總是把「你們中國人」輕蔑地掛在嘴上，難怪他給自己起了個英文名字，並吩咐人必須喊他Kevin，喊了Kevin怎麼樣？香港人怎麼樣？還不一樣都是炎黃子孫嗎？你可以把你的黑頭髮染成金色，你甚至可以完全忘掉你的母語，但你改變不了流淌在身體裡的血，改變不了你的遺傳基因。一天，我不小心將一套不銹鋼餐具掉在了地上，掉在地上而已，撿起來，重新涮洗乾淨，那有什麼呢？可這傢伙卻板著面孔走過來，非常惱火地訓斥我，對我說What were you thinking? Stupid jerk! A stupid idiot! 居然也學著英國佬的口氣無比蔑視地罵我Chink! 若不是身處他的屋簷之下，若不是每月要支付老機械師250歐元的房租，若不是每天還要吃喝拉撒，我真要痛打一頓這個不要祖宗的假洋鬼子。

這天，我接到了小Daisy的電話。小Daisy約我去看斯諾克聯賽，她說她是特意請我的，因為有中國的檯球神童丁俊輝。我婉言

謝絕了小Daisy。我現在度命都困難，哪有什麼心情看檯球小子的輝煌。我給戴護士打了個電話，我矇騙她我現在在北京，給人家做劇本的流水槍手，戴護士一聽說槍手嚇壞了，連忙命令我辭掉這危險的工作，我只好向她解釋，說槍手不是打槍，不是殺人，是替人家寫文字編故事，戴護士立刻追問我，是國家的單位嗎？拿多少工資？穩定不穩定？有沒有養老保險？將來有沒有退休金？我知道戴護士又要開始她那一套安全人生了，我只有適時地截住她，免得她嘮叨起沒完，我可無法承受高昂的長途話費。我告訴她，我的工資足能養活自己，一切安好，請他們放心。

　　一個無事的上午，我給自己洗漱一番，刮刮臉，給頭髮抹了點雅倩造型塑型膏，噴了點男用香水，準備出去尋找一家bistros，再幹一份工作，多賺一點收入，我不能允許自己收支失衡，身處國外，隨時可能發生什麼事，我要多多少少存一點積蓄，這樣才會顯出一些安全感。福建姐姐突然不速造訪，福建姐姐的眼神看上去憂慮重重，她告訴我，她今天沒有和福建哥哥一起去做清潔，自從發生了上次的事情，她反復思考了許多遍，她準備偷偷地離開他，一個人悄悄回國，在家伺候人，在這同樣伺候人，還受點子窩囊氣，若是在國內暫時仍找不到合適的工作，等到了9、10月份，她就選擇一所學校讀高職，本科生在社會上沒有位置，高職畢業生聽說很容易就能在內地做個技術工人，不就是藍領和白領的區別嗎？那有什麼？還不都是一樣討生活，只要自己勤勤懇懇地付出，相信就一定會有所回報。我不知道福建姐姐向我說這些的目的是什麼，自從有了上次的戰爭，我們一直井水不犯河水，她依然和福建哥哥形影不離，他們每天一同出去，一同回來，一起下廚房擇菜做飯，一起划拳灌酒，一起用嘶啞的嗓子吼閩北的民歌，一起洗衣服、洗澡、相互擦背，一起睡覺，甚至連做愛的叫床聲兩人都一同發出，

唯一的變化，就是再也沒聽到他們爭吵。福建姐姐觀察出我沒有弄懂她的來意，她的話語開始吞吞吐吐了，我看見眼淚一直在她的眼眶裡打轉。福建姐姐說，她想回國，她好想回家，可是身上沒有一分錢。我問她，每天都那麼辛苦地出去打工，難道就沒有攢下一點錢嗎？福建姐姐的眼淚再也控制不住，像斷了線的珠子，劈里啪啦地砸到地上，她的嘴唇幾乎咬出了血，過了片刻，她告訴我，原來那個狠毒的傢伙一分錢都不讓她抓到，還時常攥著那把彈簧刀嚇唬她，如果她膽敢離開他，他就一定殺了她。好可憐的福建姐姐呀！不過，我沒有答應借給她錢，起碼沒有答應馬上就給她，我知道一旦惹急了那隻瘋狂的野狗，就會給自己惹出不斷的麻煩，我豈能做那樣的蠢事？

　　奧地利女孩也來找我了，這個來自「多瑙河女神」──維也納的女孩是個非常趁錢的傢伙，也是個好遊玩的傢伙。她說她喜歡看我揮舞拳頭的雄姿，她猜測我一定練過不少中國功夫，她喜歡中國功夫，喜歡中國的武術文化，她看過《英雄》，看過《十面埋伏》和《臥虎藏龍》，她追崇李連傑和章子怡，是這兩人十足的「粉絲」。她在亞得里亞海的碼頭，曾經向一個中國船員買過5雙中國功夫布鞋，唯一遺憾的是，她至今都無緣遊覽中國的少林和武當，她多麼渴望拜一位中國的武術大師為師，她聽說過中國功夫是十分博大精深的，但哪怕是讓她學上一點點，學點粗淺的，學點皮毛，她不指望自己能夠踏波而行，能夠捉竹而飛，她曉得那樣一定會練得很辛苦，她唯唯諾諾地問我，能不能滿足她的心願。我認真地看著這個音樂之都的女孩，不是被她的虔誠打動，是在想，她的爺爺奶奶是不是被二戰炸毀維也納歌劇院的炮火給震傻了？導致了她父母傻，連帶著她也傻，不然，一個聽著華爾滋舞曲長大的女孩，怎麼會相信人能夠踏波而行捉竹而飛呢？我在心裡竊喜，我會武功

嗎？當然不會，咳，管她呢，反正她又看不出，反正我讀過不少金大俠的小說，反正體育課上我學了點少林長拳，反正她有的是錢，反正比到外面打工掙得多且輕鬆體面，我就南拳北腿的胡亂蒙她一通吧，再不濟，我還坐在老機械師香氣四溢的花園裡教她練吐納功夫呢。

科克大學終於傳來了消息，小Daisy的母親告訴我，中愛兩國的教育部曾於2006年2月在北京簽署了一項互認高等教育學歷學位證書的協議，也就是說，我的中國傳媒大學的學歷和學位他們都承認，但不管怎麼說，僅本科畢業，是絕對做不了科克大學的教師的，不過在科克成為上海市的友好城市後，他們增設了華語預科課程，他們正好缺這方面的人才，所以他們答應，儘管我沒有託福或雅思，也可以試試臨時講師的位置，只要英語的實際能力過關，只要能勝任這份工作，他們就可以考慮短期聘用我。我十分感激小Daisy的母親，我對著手機千恩萬謝，頻頻作揖，小Daisy的母親卻讓我感謝自己的國家，感謝上海，她說，中國在全世界的地位越來越高，中國人自然就會在全世界贏得更多的尊重。我有點興奮過度，立刻前往布拉尼古堡，去吻了那裡面的那塊「巧言石」，採集了一株愛爾蘭的三葉草，因為據傳說那塊「巧言石」非常神奇無比，凡吻過它的人，以後定能雄辯四方。而三葉草——有這樣的說法，一個他鄉來客，倘若能得到一株這樣的三葉草，就定能尋得自己今生的幸福。在路過Patrick Street時，我還特意買了一隻精巧的花瓶，我把它帶回了「家」，灌上水，放在陽光明媚的飄窗下，我把三葉草奉若神靈地插到裡面，我當然不會完全倚仗這兩樣東西，躊躇滿志地看著花瓶和三葉草，我開始思考一週後的試講筆記。

一週簡直太難對付了。

我辭掉了刷盤子的工作，除了每天清晨教奧地利女孩一些馬馬

虎虎的少林長拳，跑了一趟科克市最大的教育書店，買回《中國古代文學作品選》、《中國古代文學史》、《中國現代文學名篇賞析》、《現代華語》等一些資料書，幾乎所有的時間，我都把自己困在老機械師的別墅裡，我一會兒鑽到他的類似於閱覽室的客廳，利用他的電腦，透過網路搜索一些相關的內容，一會兒躺到自己的床上，翻閱書籍，搜腸刮肚苦思冥想。我原以為，不就是試講一堂普通的語文課麼，三尺講臺，一本教案，我的文章和口才本來就不壞，沒吃過豬肉，還沒見過豬跑？而實際上我想得太簡單了，正所謂隔行如隔山，當我真正走進這塊領域的時候，才發覺，我們的漢語，其實比什麼都博大精深。我沒有修過師範類專業，科克大學又沒有給我指定用什麼教材，我根本無法確定該給人家講些什麼，講中國古代四大名著？介紹中國現代、當代作家？講古漢語？實詞虛詞？華語語法？還是講漢字的起源和演變？三天很快渾渾噩噩地過去了，莫說作出什麼狗屁課堂講義，我連一個有用的文字都沒有落到紙上，我幾乎愁神經了，我恨得抽著嘴巴罵自己，你趕快給我Go back home! 你有什麼能耐敢在這裡硬闖？

小Daisy的母親打來了電話，一下子驚醒了夢中人，是呀，我怎麼就那麼笨，竟沒有想到請教名師？透過小Daisy母親的指點，我頓覺柳暗花明，輕車熟路地就跳到了「又一村」。

我向Ronald先生借了手提電腦，一遍又一遍地演習並修改課堂講義。信心和希望，在我美好的憧憬中，如同三葉草一樣叢生。

福建姐姐又來找我了，她說，福建哥哥已經詐出了她第一次來找我的事，她啜泣著撩起了衣袖和褲腿。福建哥哥真是一條瘋狗，一條患了變態狂、虐待狂的瘋狗，她的胳膊和小腿肚上，一道道牙齒的咬痕津津地掛著膿水，周圍結著黑紫色的血痂。福建姐姐跪在地上摸著痛苦的身體哭訴，還不僅這些，她的胸部、臀部、甚至她

的私處都有他咬出的傷痕,她實在受不了了,一天都不能再忍下去,她又不能跑,跑出去,她就只能變成科克大街裡一個流浪的乞丐,而且,她依然會被他找到,會被他捉回去,如果真的到了那個時候,那她就只剩下死路一條。她求我無論如何要幫幫她,她會記著我的好,她會一輩子把我當成她的恩人,只要她回到了家鄉,她立刻就把我借給她的錢加倍奉還,她說,她看出來,我是個好人,一個大大的好人,一個有能力幫她的人。我不是一塊「石頭」,相信即便就是一塊「石頭」,也會被她說得動了惻隱之心。我把福建姐姐扶起來,叫她坐到床鋪上,我給她倒了一杯冰水,讓她平靜平靜惡劣的情緒,我不敢看她的眼睛,我怕一旦接觸了她乞求的目光,就忍不住掏出錢來,甚至迸發出「英雄氣概」,大膽地送她到車站,送她到都柏林,親眼目送她登上飛機。老實講,我根本不在乎那一點點路費,我實在是擔心節外生枝。

　　Ronald先生非常支持我的追求,看得出,他特別喜歡我這個人,他說,我積極要求上進時時打動著他。在一個下午,他來到我的房間,命令我提上電腦,神神秘秘地把我拉到他的「閱覽室」。「閱覽室」 裡已經煥然一新,原來擺放報紙和雜誌的長條木桌被重新列隊,一面的牆上,不知從哪弄來了一張像模像樣的黑板,整個「閱覽室」就酷似一間小型的教室。來讀碩士的德國男女、大鬍子雜種、英國佬和每天清晨跟我學長拳的維也納MM,他們都端端正正地坐在下面。維也納MM奇怪地對著我傻笑著。我不知道這些平時極其討厭老機械師的房客們為什麼會突然齊聚於此,更不曉得遭人嫌厭的他葫蘆裡究竟賣的什麼藥,他把我直接摁到最前面的椅子裡,接過我手中的電腦,放在我面前的桌子上,打開,然後神采奕奕地走到最末一排。老機械師雙眼炯炯地望著我,目光裡充滿了期待和鼓勵。他微笑著,用比較生硬的華語命令幾個人,他說,

同－學－們，起－立！就像真的課堂一樣，幾個人果真齊刷刷地站起來，並齊刷刷地大聲說，華－語－老－師，下－午－好！顯然早就經過了訓練，原來，是樂於助人的老機械師花錢並說通他們，故意製造了這個模擬現場，他要幫我「彩排」。看著眼前慈眉善目的老人，看著單純的維也納MM，看著平素很少過話的房客們，感情的海面洶湧澎湃，我的眼睛瞬間模糊了。只聽維也納MM說，老－師，We are waiting for you, hurry please? 我擦了一下雙眼，對大家點點頭，我的聲音有點顫抖，我大聲說道，Dear students, good afternoon! 今天我給大家講……

這是一個「世界」大團結的下午。

試聽的日子如期蒞臨。我穿上了Ronald先生為我參謀的新裝，咖啡色T恤和乳白色西褲，使鏡子中的男生看上去陡增了幾歲，但更顯得像一個持重成熟的男人了，更像一個含蓄的大學教師了。我信心百倍地跨進了科克市最高等的學府。然而，事情遠不是我想像的那樣樂觀，來試講的原來並非我一人，而是5個人，5中選2。一個在山東大學留過學的日本鬼子，一個學說相聲的臺灣人，一個華東師大的漢語言文學碩士，一個學畫中國畫的藝人，講臺變成了PK台，我們5個人必須輪流PK，由台下的評委們決定每個人的去留，這讓我驀地想起了路上看見的一小塊西瓜皮，上面擠滿了黑黢黢的饑餓的螞蟻，我就是其中的第五隻螞蟻。但我並不懼怕其他的螞蟻，雖然我被排在了第末位，相信經過一週的鍛煉，我已經長出了強壯的四肢和鋒利的牙齒，我完全有能力把它們咬殘踢傷，然後再將它們一一擠下那塊「西瓜皮」。日本鬼子上去了。日本鬼子垂頭喪氣地走下來。臺灣人上去了，與其說是講課，倒不如說是在表演，雖然贏得了幾許掌聲，但同時也迎得了不少的搖頭。華東師大的哥哥應該是最有力的競爭對手，真是行家一出手便知有沒有，這

位哥哥自始至終都顯露出一幅氣定神閑的教態。最差勁的要數那位「畫家」，我敢說，恐怕連他自己都不清楚在囉嗦些什麼，東一耙子，西一鎬，簡直沒有一點邏輯。我的登臺，很快贏得了讚許的矚目，因為只有我一人使用講義，使用大螢幕，我看見小Daisy的母親對我有力地揮舞了一下拳頭。這是一次值得我炫耀的PK，該記入我史冊的PK。

我為自己喝彩，為自己慶祝。

我請了小Daisy的全家。

我請了Ronald先生。

我再一次覺得郡府科克其實是一座很美麗的城市。我要感受科克的美。我租了一輛自行車。在科克租到一輛自行車是一件很容易的事。自行車帶著我第一次來到科克市的郊外。我獨自一個人，沿著綠樹成蔭的Lee河東岸北上，我欣賞著賞心悅目的田園風光，呼吸著田園中甜膩的空氣。愛爾蘭農業是以畜牧業為主的，約有85％的農業收入來自家畜和畜產品。這正是科克畜牧主們收穫的季節，大片大片的馬鈴薯、亞麻和遼闊的綠油油畜牧草園圍繞著砂岩山丘，成群的騾馬牛羊放牧在牧場裡，我數著膘肥體健的騾馬，一頭，兩頭，三頭……

著名的科克孔徑峽谷，在不知不覺間就來到了眼前，玉帶般的Lee河從峽谷的深處淌過，清澈的河水淙淙地彈奏著上帝的梵音，在峽谷兩側茂密的紅杜鵑花的掩映下，「一家一戶」的鳥兒們，合唱著，嬉戲著，享受著來自於天堂的樂曲，共度著祥和的天倫之樂。那是一處純粹的天然景致，完全是上帝的智慧，絕了塵世的手跡，寧靜、優雅、詩情畫意。

我下了車，枕著岩石，席著碧草而臥。素有翡翠島國之稱的愛爾蘭，屬溫帶海洋性氣候，天高雲淡，空氣溫潤，8月的平均氣溫

僅為16.2℃，穿著長衣長褲就感覺十分舒適了。我慢慢地嚼著、品嚐著愛爾蘭麵包的香甜，偶爾灌一口愛爾蘭純淨水，蔚藍色的天空，潔白的雲朵，溫柔的陽光，徐徐的谷風，我閉起了眼睛，充分享受著這仙境般的愜意，我沉沉地睡去了，做了個很長很長的夢，我夢見了一個出水芙蓉般的少女，少女的纖纖玉指輕輕撥弄我的下體，我離開女朋友滴滴好久了，換句話說我好久沒有和女人纏綿了，我在夢裡和這少女一起陶醉！我還夢見了老機械師、小Daisy的母親……這些人全都坐在科克大學的教室裡，聚精會神地聽我講課。我也看見了福建哥哥，福建哥哥仿佛是來尋仇的，他從外面趕過來，用那把彈簧刀子叮叮噹當敲著Kevin先生的盤子，福建姐姐哭喪著臉，緊跟在他身後，急切地向我擠眼睛，示意我趕快逃跑，可是我眼前卻沒有路，我眼看著那把彈簧刀子穿進了我的胸膛……

愛爾蘭8月的晚風夾著幾分涼意。

福建哥哥、姐姐已經兩天兩夜沒有回「家」了，這是一件比較奇怪的事情。我去問了Ronald先生。Ronald先生的回答也比較猶疑，他說，他正想問問我呢，問我知不知道那兩個福建人幹什麼去了，怎麼還不回來，他們已經虧欠了他20幾天的房租，倘若再不回來，他就把房子租給其他的人了。這是8月底的某天上午，大約9點鐘，是在老機械師的花園裡。老機械師的話使我不再為那兩個人擔心，既然已經欠下了20幾天的房租，以福建哥哥的品質和為人，我猜想，他多半已經脅迫著福建姐姐一走了之，去卡羅，去高威，去香儂，或者隨便流浪到愛爾蘭的哪一座城市，再安一個新「家」，只是苦害了福建姐姐而已，茫茫的天涯海角，離家萬餘里，舉目無親，每日裡再遭受著虐待狂的蹂躪和侮辱，這種漂流不定的生活何時才是個盡頭！可憐的福建姐姐，如果再遇到你，我一定給你錢，幫你逃離那個畜牲的魔爪。

　　我看見兩個科克市的員警老爺走進了Ronald先生的花園裡，三個人站在花叢中間，唧唧咕咕地嘀咕什麼，一個老爺手托著本子唰唰地記錄著，大約十幾分鐘的樣子，三個人又一同回到Ronald先生的客廳。我開始懷疑老機械師的別墅裡發生了什麼重要的事，我努力回憶著最近幾天來的情況，德國的兩個「思想家」依然總是把自己關在房間裡，神神秘秘地研究東西；大鬍子雜種要麼出去打工，要麼賴在床上睡覺，要麼就是對著窗戶不斷地打噴嚏；英國佬已經於幾天前不聲不響地回國了；奧地利MM還是那麼整天爛漫無憂，她已經不再和我學中國功夫，又開始喜歡她的遊玩，喜歡她的沙灘，喜歡她的日光浴，喜歡她的咖啡去了。

　　能發生什麼事呢？

　　老機械師的客廳變成了臨時的傳訊室，首先是德國男女被叫去了，接著大鬍子雜種也被叫去了，時間不長，奧地利MM在接到老機械師的電話後，也急匆匆地從海灘上趕了回來，我是最後一個來到老機械師的客廳的。客廳已經恢復到原來閱覽室和展覽室的樣子，長條木桌並成了一張大桌子，蒙起臺布擺在客廳的正中央，周圍放著一圈的木椅，只有兩名員警老爺例行公事地坐在對面，他們示意我坐下，並讓我拿出護照和簽證給他們看，一個員警老爺問我，Chinese？我回答Yes，他接著問我，是不是還有一男一女兩個中國人也住在這裡，我認不認識他們，他們二人是不是夫妻關係，和我什麼關係，我是不是和他們打過架，那個女的是不是偷偷地找過我，大前天傍晚，也就是我去科克郊外遊玩的那天傍晚在什麼地方，有沒有證人，證人是哪一個……我不清楚員警老爺突然問我這些意欲何為，恍惚間，覺得可能是福建哥哥、姐姐或者他們其中某人出了問題，我只有一一如實作答，另一名員警老爺飛快地作著筆錄，完了，他們互視了一眼，讓我「簽字畫押」，並鄭重其事地警

示我，在沒有得到科克警方允許的情況下，我哪裡都不准去，當然更不能離境，否則，他們就會將我按畏罪潛逃嫌犯逮捕，希望我配合他們的工作。

討厭的大鬍子雜種惱火地堵上門來，他居然也學著英國佬的樣子對我大放厥詞，他對我說chink! chink! chink! 他還說，都是我們這些該死的chink搞得他不能出門。後來，他可能意識到對我如此說話似乎有失禮貌，或者，是他突然回憶起了我拳擊福建哥哥的情景，眼光中竟流露出一絲忌憚，他馬上改口道歉，他說，他罵的chink指的是那兩個失蹤的中國人，不包括我，我是一個very good friend。我理解大鬍子雜種，他比不了德國男女，更比不了奧地利MM，他是個無錢族，在讀大學生，一心指望著在假期裡賺些錢，現在搞得他無法出門，豈不令他懊惱？他懊喪地問我，到底知不知道那兩個人去哪了，發生了什麼事，我只能對他搖頭說No。我怎麼會知道他們兩個去哪了呢。但有一點可以肯定，他們一定出了事，不然員警老爺也不會說「按畏罪潛逃嫌犯逮捕」這句話。我們倆一併去找Ronald先生，Ronald先生滿臉疑團和困惑，一個勁兒地搖晃胖腦袋，顯然他也不清楚究竟發生了什麼事。

答案很快在《新島晨報》上揭曉。

翌日早晨，我睡得正香，Ronald先生跟跟蹌蹌地跑來，他把我的房門拍得劈啪響，嘴裡高聲地喊著，know……know……德國男女、大鬍子雜種、奧地利MM全都被他驚了過來，他手裡舉著報紙，慌亂地搖晃著，嘴裡不停地喊著know。Ronald先生過於情急的時候竟然有些口吃，他know了半天，也沒know出一點下文。幾個人均都被他突如其來的行為搞糊塗了，愕然地瞧著他，不知他know了什麼東西，還以為這位老人家突發癲狂症了呢。我將報紙展開，只見頭版二條醒目的大字赫然寫著：TWO CHINESE DIED

IN THEIR BOOTS IN THE ENVIRONS OF CORK，兩幅大照片清晰地印在文字的下面，是福建哥哥和姐姐裸露著身體，二人倒在凌晨的血泊裡，由於人像過大，分辨不清周圍的地理位置，但兩個人的面色卻出奇的安祥，仿佛他們找到了自己終身的歸宿一樣。福建哥哥、姐姐死了，屍體躺在一片被踐踏的凌亂的亞麻地裡，這是一件無可爭議的事實，但他們是怎麼死的？他殺還是自殺？若為他殺，是情殺？奸殺？或謀財害命？照片中的場景是第一現場還是第二、三現場？所有這些文中要麼隻字不提，要麼含糊其詞，文中只介紹了，二人均死於刀傷，女的胸部中刀7、8處，男的被割掉了生殖器，割開了氣管，死亡時間大約為8月28日晚上8點。

我的命運總是那麼不濟。

種種跡象都對我非常不利。

我沒有不在現場的證據，沒有證人。我搶過他們的工作，和他們發生過矛盾，打過架，動過刀子，福建姐姐還偷偷地找過我，給人的印象，好像我倆存在某種曖昧關係……

那個時候，我剛剛從孔徑峽谷的岩石上醒來，是滴滴的電話中斷了我的噩夢。滴滴說謝謝我給她寄去的愛爾蘭咖啡，味道很好，她很喜歡，她喝著咖啡跟我談論她的筆記型電腦，她說她的電腦中了「八月橙色」，她說，她佩服「八月橙色」的程式設計人，「八月橙色」簡直太厲害了，不僅瑞星和卡巴斯基奈何不了它，相反它反倒都能把它們關掉。現在，他的電腦已被複製的到處都是可惡的「八月橙色」，連還原系統也給破壞了，她已經無法再啟動它。滴滴後來問我在愛爾蘭的生活怎麼樣，是否順心？當老師的事有沒有眉目，我告訴她，差不多吧，應該沒什麼問題的。

滴滴能做我的證人嗎？顯然不能。

　　我被「軟禁」在老機械師的別墅裡，我覺得四處都是員警老爺的眼睛。

　　老實說，我並不怎麼擔心，會在這異國他鄉遭人製造冤假錯案，我沒有幹，沒有謀殺福建哥哥、姐姐，沒有對他們進行施暴，我怕什麼呢？我相信科克的員警老爺們有洞察秋毫的能力。我只是對福建姐姐的死深感內疚，正所謂，我不殺伯仁，伯仁卻因我而死，我怎麼就沒有膽量給她錢呢？她有了錢，自然就可以坐車，乘飛機，回家，等到了家，自然就會有人勇敢地站出來，保護她，她也就自然不會糊裡糊塗地暴死在遙遠的異鄉，拋屍荒野，落得個死無葬身的下場。

　　不過，現在在說這些早已於事無補。

　　老機械師的別墅很快變得空空落落。

　　浮世本來多聚散，紅葉何事亦離披。

　　相濡以沫的戀人亦如此，何況我們只是萍水相逢，這本來就不應該產生什麼傷懷的麼，人生處處皆離群，悲歡聚散一杯酒，東西南北萬里程嘛。德國男女、大鬍子雜種和奧地利MM，幾個人先後「解禁」，相繼離開，或「搬家」，或回國。Ronald先生突然間變得啞巴了，他很少說話，禿眉畫像的胖臉常覆起一片雲翳，他再也不向我炫耀他的獎牌獎盃，再也不提及他曾經打過斯諾克聯賽，再也不吹噓自己是斯諾克高手，仿佛他的健忘症忽然間獲得了康復，他要麼坐在「展覽室」裡發呆，要麼蹲在他的花園裡神志恍惚地侍弄花草，鬆地、除草、施肥、澆水、修枝、葬花，他只飲水，粒米不進，幾乎不下廚房，看人的眼光散淡而迷離，好像他根本不認識我，我根本不是他的房客，他也不是我的房東，我們從來沒有契約，我們是陌路人。他整個人日漸消瘦了。莫非他要患老年癡呆？要腦出血？心肌梗塞？或者……

Ronald先生的驟變越來越令我揪心。

相反，我真的不怕科克的員警老爺們，他們確實沒什麼可怕的，他們說話和氣，笑臉相迎，講理講據。他們是執法者，只有違法他們才究，愛爾蘭是法治國家，並非人治國家。他們不允許我離開，反正我正懶得出屋。我沒有多少錢可以透支，上街只能促使人們消費。我吃麵包，嚼速食麵，喝生冷的自來水，關掉手機，躺在床上困覺，沒黑沒白的睡，貪婪地呼吸空氣——反正呼吸空氣是不用花費的。我站在窗邊端詳lee河，lee河近在咫尺，我數從lee河上過往的船隻，盯著水面上偶爾躍起的浮魚，我甚至會盯住某一個不起眼兒的漂浮物，分辨它究竟是個什麼東西，瞧著它隨風、隨波、隨流，飄向哪裡，直至它在我的視線裡，一點點地變小，漸漸地模糊，最後消失。我看老機械師的花園，識別並清點花園裡的植物種類，看老機械師搖搖晃晃的身影在花園裡打轉……我日復一日地等待、盼望科克大學的聘用通知早點到來，那樣我就可以順順當當地搬出這座蕭索的別墅，搬進科克大學的宿舍裡，衣冠楚楚、體體面面地上班。我一天天為日漸孱弱的老機械師向他們的上帝祈禱，向我們的神靈禱告，祈求上帝和神靈雙雙伸出援救之手，庇護並保佑我的房東，保護他千萬不要出什麼差池，最起碼在短時間內別發生任何變故。

8月總算平安平安地度過了。

9月不聲不響地向科克走來。

福建哥哥、姐姐的案子終於浮出了水面，據當地的牧民反應，有個十三四歲的男童親眼目睹，8月28號的傍晚，有一對長著黑頭髮的外國年輕男女，在那片亞麻地周圍追逐、嬉戲，男的追著女的，他們一會兒鑽進亞麻地，不多時又鑽出來，就像孩子們玩捉迷藏一樣，間或還在工作路上氣喘吁吁地狂奔猛跑，偶爾能奇怪地

聽到女的發出一兩句help的喊聲，好奇的男童就偷偷地摸了過去，男童看見男的在亞麻地裡擒住了女的，扒光了她的衣服，自己也扒光了衣服，男的趴到女的身體上，一面不斷地做匍匐動作，一面唔裡哇啦地說著什麼，後來，男的不知從哪摸來了一把亮閃閃的彈簧刀，他對著女的的胸部胡亂一陣猛刺，再後來，男的可能刺累了，站起來，滿臉血污地望向天空，咳聲連連，他最後舉起了那把刀，隨著一聲大叫，他朝著自己的下體揮了下去，又迅速地抬起來，照著自己的脖頸狠抹了一下……我為福建姐姐流了淚，她想跑，但最終也沒能逃脫那個變態狂的魔爪。

科克所有的大、中、小學校相繼開學了。

Ronald先生的情況好像越來越糟糕，他看上去如同一隻殘破的風箏，隨時可能會掉下來。他的智力每況愈下，變得還不如個兩三歲的嬰兒，他不僅不認識我了，也不認識了他自己，他站在「閱覽室」裡，打開窗子，將生殖器舉到外面，嘩嘩地撒尿，他拉出了可能是近10天來的唯一的一泡屎，他將乾燥的屎橛用手抓起來，很細緻地一點點地抹在蒙了臺布的木桌上，抹到鵝黃色的牆體，抹到他的獎牌、獎盃上，抹到鬍子拉茬的臉上和口水肆溢的嘴巴裡，弄得整個別墅裡久久地彌散著令人作嘔的惡臭。他嘿嘿地笑著躺倒花叢上面撒歡打滾兒。他折了一大把花枝，耐心地編織出一個五顏六色的花環，並把花環戴在光禿禿的腦袋上，他追逐一隻蜜蜂，追呀，追呀，忽地伸出雙手，連同一朵花，一起捂在掌心裡，可能是被蜜蜂突然蜇了一下，他又忽地放開雙手，然後，把一隻手送到嘴邊，眉頭深鎖，用力吸吮。他對著一個好不容易才來租房子的日本人，納悶地端詳了人家好久，好久，最後終於開口說了話，他說，from China? Have not you died? Have not you been killed? died! 看著人家悻悻然地離開，他又連忙追趕上去，攮著人家的屁股，大聲地嚷叫，

My son, stop, my son……

科克大學遲遲沒有我的聘用通知。

我不能再等下去了，也無法再等下去。我必須馬上離開Ronald先生的別墅，或另租其他的住所，或乾脆暫棲身酒店。我漸漸產生了一種《等待戈多》的感覺，這是一種很壞很壞的徵兆——無休止的等待，不就是「烏托邦」似的期待麼。現在，我拉著沉重的旅行箱，漫無目的的走進黃昏裡的科克大街，路人的目光被我行屍走肉般的神情吸引過來，恍惚間，仿佛有一種冥冥的聲音在耳際不斷地縈繞，傻瓜，你怎麼還等啊？你是在欺騙自己，知道不知道？不信，你就膽大一次，打電話過去試試？打個試試吧，不就是怕人家沒要你嗎，那有什麼呀，不要就不要，反正又不是第一次遭到拒絕了，反正去科克大學任教，又不是你的終生志向，大不了再回家麼。我停下了茫然的腳步，果敢地掏出了手機，我看著一個背著書包慢慢走過的小學生，毅然撥叫了那一串天天在心裡期待的號碼。情況果然如此，小Daisy的母親委婉的告訴我，科克大學本來是準備錄用我的，但就在即將要給我下通知的時候，科克警方突然造訪了學校，科克大學一看我可能與一宗命案有關，又恰逢此時即將開學，他們就只好更用了第三名。

是晴空霹靂嗎？算不上，因為我的生活中常常多雲。

但那畢竟是我來愛爾蘭的唯一目的，失落有期而遇。

愛爾蘭，科克，科克的黃昏，此時處處彌漫著晚飯的氣味。一個外國人，一個年輕的、真正失落而迷茫的外國人，此刻他站在華燈初上的遙遠的異鄉國度，眼前的一切皆如此陌生，並令他生厭。他的肚子嘰裡咕嚕的不停地向他討要食物，但他沒有一點食慾，他抬起腳，停在半空，他猶豫著，趑趄不前，因為，他根本不知道該邁向哪個方向。他的思維斷裂了，斷裂成無數塊飛舞的碎片，他努

力地思考著，該不該把那些碎片撿拾回來，從哪裡著手，從哪一塊著手。他坐了下來，坐在了他的皮箱上，他抖抖索索地摸自己的衣袋，把一隻手伸進衣袋裡，從裡面抻出了一支皺巴巴的香煙，他把煙插在嘴上，點燃，深深地吸了一口，白色的煙霧在他困頓的眼前繚繞。夜幕在他一塊塊地撿拾思想碎片中悄然地垂下來，這是一個沒有月光而缺乏星光黑夜，他終於把那些散落的碎片全部撿拾了回來，他把它們有條理地粘合在一起，他看它，努力讀它，他總算從裡面讀出了要去的方向。

　　科克的黎明在他有些浮腫的視線裡慢慢走來。

（刊於《小說林》〈頭條〉2007年第7期）

墨國白娘子

一

　　我遇到了難以言說的窘迫。

　　我滿心歡喜，來到墨國，來到墨城，來到「白娘子」的家。在此之前，我甚至曾經美好的憧憬，將來就把自己幸福的家，建立在這個太平洋岸邊、總是能令許多人產生無限幻想的國度，一邊勤奮創業，一邊生她四五個，像我的「白娘子」那樣金髮飄逸、皮膚媚人的漂亮女兒，我甚至還設想過，總會有一天，我要帶著各個嫵媚動人的女兒們，身邊陪伴著她們的爺爺奶奶、姥爺姥姥，其樂融融地遊覽西湖，我想像過她們乘坐在小舟上，一邊觀賞白堤、斷橋和雷峰塔，一邊聆聽她們爺爺奶奶給她們講許仙和白娘子的動人神話，我要讓她們明白，她們的母親為什麼給自己起個名字叫「白娘子」，讓她們瞭解，她們的父母，在2003－2007年，作為杭州大學的學生，曾經是一對兒連神仙都豔羨的跨國戀人……但是所有這一切美好的幻想，都隨著我剛剛踏入墨城，踏入「白娘子」的家，就被「白娘子」父親當頭的一盆冷水澆得瞬間子虛烏有。

　　這個冷冰冰的傢伙，他到底怎麼了？是一點兒都不懂人情世故？還是對我有意見？或者根本就沒看上我？嫌我只是個中國的窮小子嗎？嫌我與他女兒長相不般配嗎？可我是誰？起碼眼下的身份，還是他第一次上門的未來女婿，他怎麼能對我不理不睬，甚至不屑與我一起用餐，這簡直是豈有此理！難道他們墨國就是如此待客之道麼？我默默地尷尬地坐在餐桌邊，所有的窘迫無法掩飾地

盡現在臉上，我偷偷地瞥了一眼我的「白娘子」伊塞爾，我看見她的左眼誇張地對我擠了一下，接著，她的左耳朵就像有墨西哥鄉村音樂伴奏一樣，非常神奇地彈動幾下，仿佛她的耳朵在跳那種中美洲的拉丁牛仔舞。伊塞爾的耳朵非常的好看，也尤為性感——墨國的女郎渾身上下處處都撩人——而且更加奇特的是，我敢說，全世界也不一定有幾隻伊塞爾那樣的耳朵，一般的女孩子，紮出一或者兩個耳孔，再戴上各種耳飾，而伊塞爾的左耳卻沿耳際紮有6個耳孔，她從不戴任何耳飾，而是將自己一絡飄逸的金髮沿著每一個耳孔迂迴曲折地穿過，這卓爾不群的造型，總是給我製造一種心神搖曳的動感。

左耳跳拉丁牛仔舞是伊塞爾獨特而標誌性的動作，也是她對自己下一步所要幹的事充滿信心、躊躇滿志的昭示。我無疑受到了一些鼓勵，伊塞爾父親對我冷淡，也許他正有什麼煩心事呢？她老媽不是還把我當成了上上賓麼？看這一桌子美味珍饈，簡直把墨城最高檔的酒店菜系都搬到了家裡，各種肉類、菌類、海鮮類、昆蟲類，應有盡有，即便是墨國的國宴恐怕也不過如此。墨西哥菜餚本就擁有與法國、印度、中國和義大利合稱世界五大齊名菜系的盛譽，更素有食蟲國之稱，墨西哥昆蟲數量和種類聞名於世，他們所食用的昆蟲，據可食用昆蟲問題的專家估計，不下於450種之多，而眼前的「湖米爾」蚊、「查普林」蝗蟲、「埃斯卡莫爾」蟻卵，又絕對是昆蟲菜系中的上乘佳餚。墨西哥人以玉米為主食，就連國宴也是一盤盤的玉米美食，伊塞爾老媽居然一次就給我準備了四樣，「托爾蒂亞」、「達瑪雷斯」、「達科」和「蓬索」。「托爾蒂亞」是將玉米麵放在平底鍋上烤出的一種薄餅；「達瑪雷斯」是玉米葉包裹的玉米粽子，裡面有餡——雞肉、豬肉、乾果和青菜；「達科」是包著雞絲、沙拉、洋蔥、辣椒，用油炸過的玉米捲；而

「蓬索」則是用玉米粒加魚和肉熬成的一種色香味俱佳的鮮湯。我慢慢地品嚐著每一種風味獨特的菜，偶爾在伊塞爾、咚瓦瓦和恰帕托的招呼下——他們是伊塞爾根據我們中國的習俗，專門從墨西哥《改革報》請來陪我的朋友——我們共同舉杯，喝一小口龍舌蘭酒，龍舌蘭酒的辣味，以及纏繞於舌尖的微甜很快便讓我忘卻了伊塞爾父親給我帶來的窘迫。

　　咚瓦瓦和恰帕托都非常健談，而且知識豐富。咚瓦瓦，女性，三十左右，畢業於巴黎大學，是《改革報》社長助理兼記者。恰帕托，男性，三十六七歲的樣子，留學美國，《改革報》的副總編。也許由於我是一個中國人的緣故，兩人居然對我們中國的事情興趣濃厚，噢，對了，我們的交流一律採用的是西班牙語，此為墨西哥的官方語言，不知是否是由於1519年西班牙殖民者入侵墨西哥，而1521年墨國淪為西班牙殖民地所致。但有一點我一直非常奇怪，就是墨西哥雖然毗鄰世界上最發達的美國，可在整個墨國內，你很難聽到有哪個人用英語講話，你甚至在墨國任何的公共場所，比如機場、車站、商業街……基本上都看不到一個英語單詞。好在我和伊塞爾有過三年戀愛的經歷，早就熟練了用西班牙語。這兩人居然跟我侃起了中國的經濟，說就在近幾年，墨西哥人一個沒留神，中國的經濟就衝破了他們家門口，而現如今，無論是豪華商場、大型超市，還是私人商店、街邊小攤，都能看到中國商品的身影，如在Office Deport之類的辦公用品專賣店中，幾乎一半以上的商品都來自中國，弄得整個墨西哥的製造業，幾乎無一例外地把關稅保護過渡期的最後一天視為世界的末日，所有製造商們在一面強烈要求政府採取措施的同時，一面惶恐地高呼著「中國的狼」來了……正當我聽他們講得入神的時候，伊塞爾父親忽然第二次出現在餐廳門口，他的臉色並沒有

比前一次好轉，而且好像更加地凝重了，他眄視了我們一眼，冷冷地命令伊塞爾說，你明天帶他去杜萊昂吧。

　　我們四人面面相覷。

二

　　墨西哥城是墨國的首都，如果算上衛星城，占地面積大約為1252平方公里，人口約2000多萬，是全世界最大的城市。而伊塞爾父親，據說在二十多歲的時候，就離開了他的鄉下老家杜萊昂，前來墨西哥城闖天下，伊塞爾常常跟我誇讚她的父親，說她的父親其實是一個非常能幹非常出色的男人，他兩手空空，一腳跨進人地兩生的墨城，僅憑一己之力，經過短短的不到三十年，竟讓他創造出數千萬的資產。他父親實際上還是個大孝子，自己的事業發達了，曾無數次地想把伊塞爾的爺爺奶奶接到城裡，同他們一起生活。可是那老兩口僅來過一次，他們和伊塞爾的兩個叔叔生活在一起，用他們自己的觀念講，他們無法與墨城的一切現代氣息相融合，他們永遠喜歡自己的杜萊昂，就是那種觸目都是仙人掌類植物的小村莊以及小村莊外廣闊的田野。即便就是那擁塞村街上的小房子，哪怕它的一面窗、一把椅子、或者一架窄窄的旋轉樓梯，只有它們所散發的原始古樸氣息，才能真正適合喜歡跳森巴的激情澎湃的拉丁人。

　　杜萊昂地處墨西哥城大約220公里的亞熱帶河谷中。我不知道伊塞爾的父親，非叫我跟隨他女兒去那裡的目的，去遊玩嗎？當然不是，有那麼一句話，走進神秘的墨西哥，你會尋找到許多屬於自己的故事。作為早期印第安人文明史的產生與進化之地，那裡擁有著許多歷史遺跡以及世界上一流的人類歷史及文化藝術的博物館，叢林深處和高山之地到處都可見到神秘的金字塔。而作為北美洲南

部，拉丁美洲西北端，南接瓜地馬拉和貝里斯，東瀕墨西哥灣和加勒比海，西臨太平洋與加利福尼亞灣，海岸線長達11500公里的拉美第三大國，其秀美旖旎壯麗的風光更是比比皆是。他怎麼可能叫她的寶貝女兒帶我去一個鄉下的普通村莊遊玩呢？是讓伊塞爾的爺爺奶奶和叔叔嬸嬸們審核審核我？有這種可能，但他都好像沒「相中」我，還麻煩那些人來看我，又豈不是多此一舉？我問伊塞爾，伊塞爾的回答更令我驚詫，伊塞爾對我神秘地擠了一下她的左眼睛，她說，我父親？不，不是他，是我爺爺奶奶和叔叔們要我帶你來杜萊昂的，怎麼，難道這不是你們中國的習俗嗎？伊塞爾的表情裡閃爍著難以抑制的倨傲。

　　墨國的鄉村仍然以農業為主，這從公路兩側大片大片的莊稼便可見一斑，玉米、高粱、大豆、水稻、棉花、咖啡、可可、仙人掌等，尤以玉米和仙人掌類農作物居多。玉米是墨西哥古印第安人培育出來的，因此該國享有「玉米故鄉」的美譽；另外，眾所周知，墨國還被稱作是仙人掌的故鄉，在世界上2000多個仙人掌的品種中，墨國竟種植著一半以上。不知是否跟那個古老的故事有關。相傳在很久以前，太陽神為了拯救四處流浪的墨西哥人祖先阿茲特克人，托夢給他們，只要見到鷹叼著蛇站在仙人掌上，那裡就是他們將來的家，後來阿茲特克人幾經跋涉，終於找到了他們夢境中的地方，而仙人掌也就從此象徵著墨西哥民族及其頑強鬥爭的精神，成為了墨西哥人的國花。我坐在副駕駛位置，伊塞爾駕車，我們一路北行，轎車如同一團紅色的火，飛馳在墨城外的鄉村公路上，我一邊欣賞著河谷上大片大片的仙人掌，綠色的、黃色的、紅色的……一邊聽著伊塞爾給我講有關他們祖先與仙人掌的故事。河谷裡偶爾出現幾個村姑，她們頭戴草帽，潔白的襯衫下擺瀟灑地紮起蝴蝶結，藍色的牛仔褲挽過膝蓋的褲腿，彎著腰或蹲在地上，侍弄著土壤上的色彩豔麗的仙人球。

噢，真是好一幅美妙的亞熱帶田野圖！

杜萊昂的村街狹窄得簡直令人搖頭，有點類似浙江烏鎮的石板街，如果兩輛轎車對頭開過來，就真的要考驗駕駛員的技術了。可據伊塞爾介紹，墨國的鄉村基本都是如此，基本都保留著16或17世紀的建築風格。每個村鎮差不多都被劃分為幾個區域，就像眼前的杜萊昂劃成了8個區域一樣，而每一個區域的中央全都建有一個古老的小教堂，教堂外是一片相對開闊的小廣場，作為本區域的村民聚會、議事、娛樂和休憩之用。伊塞爾把車停到一個小廣場上。7月裡快接近正午的陽光照耀著小廣場。此刻的廣場上熙熙攘攘聚集了很多人。我不知道這些人是來幹什麼的，我跟隨伊塞爾下車，可我剛剛站到車外，甚至還沒有站穩，呼啦一下子竟有100多人將我圍起來，他們睜著大大的眼睛，上上下下，左左右右，十分好奇地打量我，仿佛我是一個外星人似的。難怪在墨西哥流傳著那麼一句話，「發生在中國的故事」，到了此刻我才算真正理解，對墨國人來說，中國的遙遠不僅僅是在地理上的，更是在心理上的，「中國的故事」指什麼？當然是指那些超出他們想像實在遙不可及的事情。

這時我忽然聽到有人喊伊塞爾。伊塞爾用西班牙語回應了一聲，她對著圈外的三個人興奮地叫爺爺、叔叔，我看見一個七旬開外的棕色皮膚的老人，老人正高揚著手臂，不住地向我們搖晃。兩個同樣棕色皮膚的中年人立在他的身後，而其中一人竟奇怪地牽著一匹配有嶄新馬鞍的高頭大馬。伊塞爾也注意到了那匹馬，我發現她的眉宇間狐疑地蹙了一下，她輕咦了一聲。老人將眾人分開一條通道，迎過來，牽著馬的叔叔也迎過來。伊塞爾像個小孩子，立刻撲進老人的懷抱。老人一隻手輕撫著伊塞爾的金髮，淚光閃閃，老人說，寶貝，你想死爺爺了，爺爺還是三年前見過你呐，你在中國那邊一定受苦了吧？爺爺，爺爺，我沒受苦，我挺好的，您

呢？我看您走路都不如三年前健壯了，您跟我們進城住吧？老人呵呵呵地笑起來，我的傻孩子，爺爺當然不如三年前了，爺爺今年都76歲了，噢，寶貝，我們不要冷落了你的中國朋友，來，讓我見見你的中國朋友，老三，老三，快，把馬牽過來，我們把中國朋友接回家。被稱作老三的一定是伊塞爾的三叔了。三叔朝我走過來，眾人閃出一片空場，他把馬韁交到我的手上。我實在不明白他為什麼要把馬韁交給我，我疑惑地看看三叔、二叔、爺爺和伊塞爾。伊塞爾似乎也糊塗了，她同樣掃視一遍三個人，突然問爺爺，爺爺，爺爺，您牽馬做什麼？爺爺的表情也納悶起來，爺爺反問道，給你的中國朋友騎呀，我看過你給爺爺帶回來的碟片——《臥虎藏龍》，還有《英雄》，他們中國人不是要騎馬上街的嗎？我沒有虧待中國朋友，那馬鞍還是我請人新做的吶。

　　我和伊塞爾禁不住啞然失笑。

三

　　我從起義者大街轉向改革大街，這是墨城內的兩條主要幹道，南北、東西貫穿全城。7月是墨國的多雨季節，趕上個別年份，墨城的7月，有時會陰雨連綿二十幾個晝夜。我來到墨城已經一個多星期，這期間一連下了四場細雨，昨夜整整淅淅瀝瀝了半夜。早晨天空突然放晴了，太陽恍若洗了澡，用最明亮的光線照耀著美麗寬敞的街面，照耀著兩側鱗次櫛比的銀行、酒店、餐廳、劇院、夜總會、時尚賣場和各種類型的超市，照耀著街筒裡各種膚色的閑庭意志的遊人。可是我的心情卻依如昨夜的細雨，我無法打起精神欣賞墨城任何一處風景。我從掩映在綠樹濃蔭中那座精巧豪華的別墅裡溜出來，純粹為了暫時逃離一種尷尬窒息的氛圍。事實上，自從

杜萊昂一回來，我就陷入到一種極度猶豫，我猶豫是不是該不辭而別，偷偷地離開墨城，離開墨國，離開迷人的「白娘子」伊塞爾。我仍然深愛著伊塞爾，這當然毋庸置疑，伊塞爾似乎也還愛我。但是伊塞爾父親卻始終態度曖昧，他依舊對我不理不睬，而且更困難的是，伊塞爾的爺爺奶奶居然在那天追著寶貝孫女，與我們一起來到了墨城，那是兩個十分蒙昧的老人，他們絲毫不接受自己無知，一味固執地把我看成一個「可憐的中國人」，作為一個遙遠的客人暫時寄居於他家，他們「好心」地勸慰我，說千萬不要有和他們孫女結婚的想法，否則我的下場將會變得更可憐。

聽聽，這不是威脅嗎？

伊塞爾也突然間變得難以琢磨起來，雖然她照常對我擠左眼，左耳照常跳拉丁牛仔舞，但她與我的交流卻越來越少，即使偶爾說上一兩句，也總是吞吞吐吐，更別說尋找機會與我親近。記得好像聽誰說過，做愛做愛，只有做了，才會有愛，尤其是年輕的夫妻之間，如果永遠不做，再火熱的愛，也會漸漸冷卻。伊塞爾居然兩天悄悄地離開家，連個招呼都不和我打，她去幹什麼了？去找工作？去她父親的工廠？去改革報社？還是跟誰一起出去玩了？總之不管幹什麼，把我單獨擱在家裡，似乎都不妥，她明明知道她爺爺奶奶在堅決阻撓我們的婚事，而她母親，其實也只是表面上虛與委蛇，她才不可能真正地站在我這一邊，我無疑四面楚歌。還好，總算還有個天真無邪的弟弟，這個14歲的男孩有個很好聽的名字，叫班班西，班班西能夠清楚地表達一些中文，他特別喜歡糾纏我，一會兒管我叫姐夫，一會兒乾脆直呼我的名字，他總是拉著我追問，許仙，許仙，你告訴我，我姐姐是不是在認識你之後，才給自己起名白娘子的？

老實講，我的名字可能就是伊塞爾愛上我的真正原因。她喜歡

中國，喜歡杭州，喜歡中國的傳統文化。在杭州留學的幾年中，她曾無數次地鑽進「宋城」——那個反映兩宋文化內涵的杭州第一個主題公園，樂此不疲地玩那種捕捉「宋江」的遊戲。那是一個非常好玩的遊戲，在一定的時間內，如果扮演「宋江」的遊客，沒有被其他遊客捉住，那麼這個「宋江」就可以到遊園的管理處領取相應數額的報酬；而如果哪個遊客，認出並抓住了「宋江」，則這名遊客，也同樣能得到遊園所賞的獎金。有一天晚上，伊塞爾在津津有味地欣賞完「水淹金山寺」，她一個人獨自在「宋城」裡遊覽，她遊覽到「仙山瓊閣區」，走進角落裡的一個洗手間，自己小解的時候，無意間聽到隔壁男洗手間裡兩個人的對話。那兩個人說，今晚真是幸運，再過半個小時就可以領到獎金了。兩個對話的人正是我和我的一個同學，這天晚上我幸運地得到扮演「宋江」的機會，我在同學的掩護下，一頭就鑽進了「仙山瓊閣區」的廁所，本以為躲在這個偏僻的角落，一定能獲得那筆意外之財了。但就在我們高興得有點忘乎所以的時候，廁所裡竟突然闖進一個外國的仙女，伊塞爾卓爾不群的容貌當時就攝走了我的魂魄。

　　我的同學喊，許仙快跑！

　　我怔怔地看著伊塞爾。

　　伊塞爾嘭一把抓住了我，什麼許仙，他不是宋江嗎？她噌一下撩起我的假髮，露出了遊園弄在我額上標記……

　　我和伊塞爾的結識可謂一種冥冥中的緣分，但我們的緣分會在這遙遠的墨城結束嗎？我漫無目的地走著，茫然地看著牆壁上繪製的反映古代印第安人生活和墨西哥歷史發展進程的壁畫，大街上的建築到處有這種壁畫，這是這座歷史名城的一大景觀，墨城享有「壁畫之都」的美譽。可我不知道，眼前的這條起義者大街，是否與1810年9月16日，米格爾・伊達爾戈－科斯蒂利亞神父在多洛莉絲

城發動起義，開始獨立戰爭有關？伊塞爾曾經和我說過，墨西哥正像中國，曾數度慘遭西方列強的踐踏和蹂躪，尤其在1842年2月，墨西哥還與美國簽訂過墨、美和約，墨被迫將北部230萬平方公里的土地割讓給美國。伊塞爾痛恨美國，討厭西方列強，她憎惡那些發達國家的強權主義，她曾多次在《改革報》上發表文章，陳述要墨西哥人感知中國的觀點，她強調墨西哥一部分媒體，由於受美聯社、法新社、埃菲社等通訊社的負面影響，人云亦云，對華報導更多的內容都是有失公允的，從而誤導了墨西哥老百姓對中國的看法。據說第一個被伊塞爾觀點打動的人就是《改革報》的副總編恰帕托。

恰帕托很欣賞伊塞爾的才智，噢，也許不僅僅是才智，還兼有伊塞爾的容貌。我不懷疑自己的眼睛，不懷疑自己的判斷，我從第一次見到恰帕托開始，就有了這種酸溜溜的感覺，這個赫赫有名的副總編雖然一直在跟我談我們的中國，可他的眼睛卻始終不停地瞄向伊塞爾，我當然能讀懂那眼神中除了欣賞以外而隱藏的其他東西。我私下裡旁敲側擊地詢問班班西，我說，班班西，你認識恰帕托嗎？這個鬼小子突然促狹地一笑，他說，許仙，你怎麼了？我當然認識恰帕托了，不過，恰帕托……恰帕托……嗯……他跟我姐姐……這小子一面觀察著我的表情，一面欲言又止，我裝作漫不經心，繼續問他，他最後突然莫名其妙的甩出一句，嗯，聽說恰帕托已經離婚了。你聽聽，這小子也許是在逗我，也許是在和我玩什麼心眼兒，他或許想要達到某種目的，這暫且不論，但這起碼能證明，恰帕托與伊塞爾之間果真或者曾經存在過什麼吧？我正心事重重的時候，忽然看見了伊塞爾的那輛紅色本田轎車，轎車從我身後的橫道上拐過來，不是很快，我認出了車牌號，近而看見了伊塞爾，我正要對轎車擺手，可是我舉起的手突然僵在了半空，我瞥見恰帕托眉飛色舞地坐在我坐過的位置。

四

　　班班西不斷地糾纏我，甚至不斷地用語言捉弄我，令我十分沮喪。但我確實拿這個聰明絕頂的少年毫無辦法，他一會兒偷偷地逗我，說，許仙，告訴你吧，我爸爸、我爺爺、還有我奶奶，他們正在說服我姐姐，要她嫁給恰帕托呢……一會兒又信誓旦旦地向我保證，不過，許仙，你放心，只要有我在，哼！其他的人，誰也別想當成我姐夫，我只認你一個人作姐夫，而且是永遠管你叫姐夫，嘻嘻嘻，這不過麼……每當說到這裡的時候，這個狡黠的少年就會習慣性地捌一下自己墨綠色的足球衫，緊跟著做出一個漂亮的凌空抽射的動作。班班西非常喜歡足球，他能如數家珍一樣報出墨西哥國家隊和國奧隊的大名單，能從細枝末節道出每一個球員的優缺點，能像專家一樣評論墨國每一場比賽的技戰術，他深信，他們的國奧隊，有效力於西甲巴薩隊的桑多斯、奧薩隊的韋拉和拉科魯尼亞的瓜爾達，再加上他們墨國球員個個秀麗的腳法，整個球隊嫻熟的配合，行雲流水的進攻，還有張馳有度的節奏，一定能踢進2008年的北京奧運會。

　　我猜不透這狡猾少年葫蘆裡裝的是什麼藥。但我斷定班班西一定想賣給我他的藥，所以，我索性以靜制動，等待這少年一點一點倒出他最終的意圖，我確信他能幫我，起碼他能幫我偷聽他爺爺奶奶的談話，探聽他爸爸媽媽的思想動態，偵查他姐姐和恰帕托的真實行蹤。伊塞爾今天又不在家，一大早就消失了蹤影，又去找恰帕托了嗎？她父親兩天沒回來了。她爺爺奶奶突然間改變了做法，不在遊說我了，而是乾脆跟我擺出一幅冷冷的面孔，像伊塞爾的老爹一樣，對我不理不睬。我的心仿佛被什麼東西緊

緊地捆起來，而且被提起來，一直提到喉結的地方，堵堵的，我總是一口一口地往下強咽唾液，似乎這樣可以把心臟砸下去。班班西和我一起用早餐，這小子悄悄把餐廳門關起來，對我做了個鬼臉，他嘻嘻笑了兩聲，說，姐夫，不必在乎他們，有我呢，我們快吃，吃完了，我帶你去太陽和月亮金字塔玩。我不置可否，悶頭喝著玉米粥，我知道這小子肯定有重大的事情要求我，他現在簡直是在拍我了，還愁他不給我提供情報？

又下了半夜的細雨。

又是一個明媚的早晨。

我在班班西的帶領下，坐上了一輛綠白色的計程車。一般而言，在墨西哥搭乘計程車是很划算的。墨城的計程車大體分成四種，黃白色、橙色、紅色及綠白色，均照表收費，紅色的以包遊覽為主，綠白色有固定地點，叫客用計程車，即share taxi。其實，我早就想出去玩了，太陽和月亮金字塔位於墨城東北部大約40公里的地方，那可是阿茲特克人所建特奧蒂瓦坎古城遺跡的主要組成部分，也是阿茲特克文化保存至今的最耀眼的一顆明珠。聯合國教科文組織，曾在1998年把太陽和月亮金字塔古跡列為人類的共同遺產。它們對遙遠的東方人來說，絕對充滿了傳奇和神秘的色彩，有著許許多多謎一樣的故事。即使伊塞爾最終和我分手了，也算我沒有白來墨西哥一回。我們的車子沿著起義者大街向北行進，墨城的路況不是很好，加上車速較快，車身常常出現搖擺和顛簸的情況。我拔直身體，盯著前方的路面，我突然又看到了伊塞爾的那輛車，那輛車比我們的還快，在車流洶湧的大街上像個泥鰍一樣鑽來鑽去。

車裡都有誰？是她自己嗎？有沒有那個恰帕托？他們也在向北行進，去哪裡啊？也去看金字塔嗎？我剛剛覺得有一點鬆弛的

心，又被捆起來，提起來，在這遙遠而陌生國度，我感覺那麼的無助，那麼的束手無策，現在自己心愛的「白娘子」正被別人緊緊地盯著，追著，我只能聽之任之。不行，我不能再這樣被動地耗下去，我要主動出擊，我要直截了當地詢問伊塞爾，問她每天都出去到底在幹些什麼？為什麼不帶我一起去？到底還愛不愛我？如果不愛了，乾脆直接說出來，我許仙可不是那種沒皮賴臉之人，我會立刻永遠的離開她，我才不會令她在一家人面前難堪。我掏出了手機，翻閱號碼簿，找到「白娘子」，拇指重重地摁了一下綠色的鍵，將手機貼到耳朵上，無聲，久久的無聲。莫非伊塞爾關機了？我看了一眼顯示幕，信號正在源源不斷的發出去，我趕忙再次貼到耳朵上，手機裡突然傳來一句動聽的西班牙語，您撥叫的用戶正在通話……

班班西的手機猛然響起來。

班班西接通了手機，他的手機音量很大，他就坐在我身側，我能清晰聽見手機裡所發出的每一個字音。是伊塞爾打來的電話。喂，弟弟，是你嗎？班班西轉過臉看了我一眼。嗯，是我，姐，你有事嗎？姐沒什麼事，姐就是想問問，你們上車了嗎？班班西又看了我一眼。姐，我們上車了。嗯，那好，姐謝謝啊，姐這幾天冷落了你姐夫，你一定代姐陪好你姐夫，聽見沒？嗯，聽見了——班班西對我擠了一下眼睛——姐，你放心吧，我姐夫好著呢，高興著呢。手機裡沒有了聲音。伊塞爾的車也不見了蹤影。班班西面露尷尬地嘿嘿笑了兩聲。我忽然產生了一些感動，原來去遊覽金字塔是伊塞爾早有的安排，而並非是班班西所為。那伊塞爾究竟在忙些什麼呢？她又為什麼不跟我說明白？而且總跟恰帕托在一起呢？

五

　　我來到「死亡大街」，這是被稱為「眾神之都」的特奧蒂瓦坎古城最主要的街道。「死亡大街」全長4公里，45米寬，縱貫古城的南北。太陽金字塔和月亮金字塔分別位於街道的東側和北端。無論是古城遺址、金字塔，還是羽蛇神廟和鳥蝶宮，這裡存在著太多至今未解的謎團，哪怕就是那些孤寂的殘垣斷壁，似乎都滲透著昔日此城的繁華與輝煌。古城緣何神秘的衰落？因為嚴重缺水？外敵入侵？抑或跟一場慘絕人寰的瘟疫相關？帶著些許激動和無限的崇敬，我像個孩子，雀躍著衝向太陽金字塔，跑上金字塔的臺階。我把班班西遠遠地甩在了身後，我回頭看了一眼，他根本沒有跟上來。我一口氣跑上第一層的環形休息平臺。太陽金字塔始建於西元2世紀，是世界第三大金字塔，也是特奧蒂瓦坎最大的建築。底邊長226米，寬223米，高近65米，呈梯形，坐東朝西，內部以250萬噸泥土和沙石堆建而成，外表鋪砌和鑲嵌著巨大的火山石，石頭上雕刻著五彩繽紛的圖案。塔體100萬立方米，共分5層，正面建有236級臺階，可直通塔頂。塔頂曾有一座10米高的太陽神廟，是古印第安人祭祀太陽神的地方。墨國的金字塔和埃及的金字塔是有著顯著的區別的，埃及金字塔是陵寢，而墨西哥的日月金字塔是則是祭祀的神壇。

　　我難以抑制對金字塔的獵奇之心，我不再管班班西了，兩級兩級地向上跨去。太陽金字塔的石級，除了第五層都不是很陡，我很快衝到了第四層的平臺，我站在平臺上向下望去，我尋見了班班西，班班西仍然停在「死亡大街」上，他正在給誰打或接聽誰的電話，我對班班西喊，班班西──班班西──班班西一直仰頭看

著我，他對我搖動著另一支手臂，姐夫——你自己上去吧——我不去了——我在下面等你——我開始小心翼翼地向上攀登。第五層果然陡得厲害，加上踏面比較光華，總給人一種搖搖欲墜的危險感，我一級一級數著臺階，偶爾向上仰望一眼，我看見一張女孩的臉，那張臉似乎有些詭異，伸出塔頂的邊沿，向下俯視著，一雙賊溜溜的眼睛不瀏覽風景，好像在專門盯著我。我心裡不免滋生了些許緊張，是呀，身處異國他鄉，尤其是在這充滿了傳奇色彩的特奧蒂瓦坎古城廢墟之地，這裡聚攏著全世界各個角落趕來的遊客，誰能擔保在自己身上不會發生任何意外？所以，我必須要處處謹慎小心啊。應該還有10級就到塔頂了，我再向上看去，啊，那張詭異的臉終於消失了。此刻，是7月的某個上午，已過9:00的陽光無遮無攔地撲到我身上，墨國的空氣濕度本來就大，我的淺藍色T恤衫已經被汗水完全浸透，我呼哧呼哧喘著粗氣，一、二、三、四……啊，我終於站在了被譽為世界文化遺產的墨國太陽金字塔的塔頂。

呵，登頂的感覺居然是如此美妙！

一瞬間，我竟忘記了剛才那張女孩的臉，以及她那雙詭異的眼。我站在亂石鋪就的塔頂，絲毫沒顧得疲累，俯瞰整個特奧蒂瓦坎古城全貌，我把雙手圈在嘴巴周圍，對著正在「死亡大街」上玩著一顆足球的班班西高聲呼喊，班班西——我已經上來了——我登上金字塔塔頂了——你看見我了嗎——我看到了你呀——班班西沒有看我，他好像對我登上塔頂絲毫不感興趣，他用雙腳輪換著，踢著那個足球，那是班班西由家裡帶來的足球，這小子簡直視球如命，只要外出，不管去哪，都要隨身攜帶著足球。他朝太陽金字塔下的溶洞口走去。班班西的身影消失了。一個人遊覽，再好的風景也會多少有些索然無味。7月的特奧蒂瓦坎古城遊客並不是很多，這可能與這個季節溽熱氣候有關，加上墨城地處高原，空氣相對稀

薄，站在金字塔塔頂，總有一種呼吸困難的感覺。我忽然覺得，其實眼前光禿禿的亂石鋪就的塔頂有什麼好看呢？我羨慕地看著在塔頂東側邊沿一對半躺半坐相互依偎在一起激情親吻的戀人思忖，啊，如果此刻伊塞爾也在，那該有多好啊，我也會把伊塞爾緊緊摟住，熱烈地親吻她，對了，我還要請人把我和伊塞爾站在太陽金字塔塔頂熱烈親吻的鏡頭全部實拍下來⋯⋯

我把玩著手中的相機，踽踽地沿著塔頂周邊慢慢獨行，偶爾對著金字塔下不遠處的特奧蒂瓦坎古城遺址的某處風景或者比較別致一些的綠化帶拍幾張照片，哦，也就這樣了，我還能怎樣？拍幾張照片，留作永恆的紀念，然後稍作休息，就從這裡下去，我還去看其他景觀嗎？還是就此離開這裡？可是墨城甚至整個墨國，哪裡才是我的快樂地呢？我一面走，一面在心裡盤問自己。整個塔頂的遊客不足百人，是的，目測的結果就是這樣，而且透過膚色和長相，可以看出以東亞人居多，歐洲人次之。好像有一個團隊，兩個跨國導遊各舉著一面小旗子，共同組織著這個團隊。團隊走走停停，我趕上了他們，啊，我聽見墨方的導遊小姐居然用旗子指著北面的月亮金字塔，用標準的華語講解，莫非這個團隊是我的同胞？我忽然聽見一個趙本山似的東北腔音滑稽的問，導遊小姐，我聽說太陽金字塔是公的，而月亮金字塔是母的，這事是真的嗎？團隊轟然大笑。

我正要跟隨他們，或著乾脆擠進去，近身和「親人們」攀談。但就在這時候，一個挎竹籃的墨國女生突然橫在了我面前，這女生的年齡與班班西相仿，那張臉和那雙眼都似曾相識，有點飄逸，透著一些詭異，啊，她不正是一直盯著我登上金字塔的那個奇怪女孩嗎？她要幹什麼？我的神經陡地又緊張起來，我躲閃著她。可她就是不讓我過去。女生忽然從竹籃裡拿出一頂藤草編織的草帽遞向我，先生，你買一頂吧，你看看，今天的天氣多熱，你的T恤都濕

透了，你就買一頂吧。我這才發現，女生的大竹籃裡幾乎裝滿了墨西哥的特色工藝品，斗篷、帽子、小型織毯和挎包等。我猶豫著，不知該不該接過那頂草帽。女生突然欺近一步，壓低聲音，改用漢語說道，先生，你是中國人吧？我一怔，正狐疑地猜測是不是因為我剛上來時，用漢語喊班班西被她聽到了，所以才……女生這時繼續說，先生，我看出來了，你來到墨西哥將會有不幸的事情發生，所以，我勸你還是儘早回國的好。

　　女生的言行簡直把我嚇住了，我瞪大眼睛怔怔地凝視著她……

六

　　我沒有再理睬那個女生，我逃離了她，她簡直就是一個小女巫，她說我如果再繼續逗留於墨西哥，就一定會有不幸發生，說我今天去遊覽太陽金字塔下的溶洞，一定會受一點點小傷。聽聽，這簡直是惡毒的詛咒。其實，我已經很明白小女巫的伎倆，我不知道這些小小的手段是否源於我們中國，但在咱們國內，如果誇張一點的說，恐怕幾千年前就已經開始流傳這種蹩腳的手段，不就是要賣給我東西麼，我如果不買，就有災難，如果買了，就可以破財免災。我偏偏不買，我連溶洞都不進，我倒要看看你的所謂讖語將如何應驗？我快快地從金字塔上走下來，來到平地上，我掏出褲袋裡的手機，準備給班班西打電話，而班班西的手機信號恰巧在這時傳過來，我接通了他的電話。班班西說，姐夫，你在哪？你下來了嗎？我告訴班班西，我說，我已經下來了。班班西要我快去溶洞口找他，說他已經買好了票。我心裡咯噔一下子，看來我想不進溶洞已不大可能。我走向金字塔一側的溶洞口，我看見了班班西，他一條手臂抱著足球，另一條手臂正

攘著手機高高揚起來對我誇張地搖晃，班班西嘴裡高聲喊著，姐夫，我在這。

早就有考古學家發現，太陽金字塔的地基底下是個天然的大溶洞，溶洞盡頭還有四個密室，密室裡存放著許多古代祭祀太陽神的文物，但沒有一具棺槨，所以，考古學家藉此認定，太陽金字塔肯定為祭祀太陽神的神壇，而絕非像埃及金字塔那樣的陵寢。如今的溶洞早已經開放，唉，既來之，則觀之吧，本來任何天然的溶洞就都值得一觀，何況那裡還藏匿了許多祭祀太陽神的文物，難道我還真的懼怕那個小女巫的所謂讖語？我同樣高高揚起手臂搖晃，以回應班班西，我一面急急地向他走去，一面大聲說，班班西，姐夫來了。班班西果真已經買了門票。我還在猶豫著，可班班西卻顯出很著急的樣子，一把拉住我，匆匆地走進溶洞。進得洞內，才發覺，其實金字塔下的溶洞，比之國內的許多溶洞，如果單憑旅遊觀賞的角度來說，它無疑遜色了許多，只是因為它的地理位置特別，所謂一榮俱榮罷了。我一面欣賞，一面和自己以前看過的國內的某些溶洞進行比對。我慢慢地向前走，沒有太注意班班西。進到洞內，這小子就放開了我。他一直走在我前面大約七八米的距離，恍惚他根本沒有瀏覽洞內的任何景致。這不能怪他，他可能已經看過很多遍了啊。但班班西偶爾有些怪異的舉止，卻引得我不得不間或向他瞟去一眼，他總是朝前張望，仿佛前面有什麼人或什麼事情在等待他一樣，令這小子表現出焦躁不安。

溶洞內還不如金字塔塔頂，這裡的遊客更是寥寥無幾，而且越往裡走越顯得寂靜，甚至寂靜得讓人常常感覺不安，發冷，陰森可怖。也就是在我撫摸一支光華如玉的鐘乳石的剎那，偶一轉身，班班西的身影就不知道跑向哪裡了，與此同時，我聽到了一聲尖利刺耳的怪叫，像是一隻受了驚嚇的鳥鳴，但無法辨別來自哪個方向。

溶洞的壁燈和頂燈均比較黯淡，目力所及，就仿佛身處一個魔幻般的鬼堡。我多少有些害怕，我喊叫班班西。班班西——班班西——班班西——我一連喊了三聲，一聲比一聲高，但是我的喊聲宛若全被凹凸不平的岩壁立刻吃掉了一樣，聲音止歇，深深的黑漆漆的洞內反而變得更加寂靜了。我確實已經害怕了，決定不再往前走，什麼密室不密室，文物不文物的，乾脆出去算了。可是班班西呢，他明明走在我前面的，難道我把他單獨丟在這鬼氣森森的溶洞裡嗎？倘若他發生什麼不測怎麼辦？他無法出去怎麼辦？我如何向伊塞爾交待？如何向她的家人交待？他畢竟還僅算個孩子啊。嗯，我幹嘛不給他打電話呢？我馬上掏出了手機，可是我很快發現在這深深的洞內根本沒有一點點信號。

沒辦法，只有先出去再說了。

我調頭準備往回走，可是我剛剛轉過身，就被嚇得禁不住啊呀大叫了一聲。一個瘦高瘦高的男孩不知啥時竟不聲不響地站在我身後，這男孩好生奇怪，瘦得像一根竹竿，兩隻小眼睛像是用刀子刻出的兩道細細的縫，而與之相反，他肩頭上居然奇怪地立著一隻猴面鷹，猴面鷹的雙眼又圓又大，且熠熠生輝。我瞭解這種鳥，在我國南方有一種貓頭鷹非常近似於倉鴞，那就是草鴞。草鴞的臉型很像猴子，因此很多人都管叫牠猴面鷹。草鴞經常出沒於墳場墓地，飛行時飄忽不定。其實貓頭鷹也好，猴面鷹也罷，總之牠們都屬於鳥綱，鴞形目，科鳥類統稱。只是鴞形目在中國古代被看成是一種邪惡的化身，屬不吉祥之物。但在古希臘神話中牠卻是一種愛鳥，據說古希臘人對牠們非常崇拜，認為牠們是智慧的象徵。我正胡思亂想那隻鳥的時候，沒料到那隻鳥突然厲叫一聲，展開翅膀噗噗楞楞朝我飛過來。我躲閃不及，被牠一下抓到手臂上，我猛地揮動手臂，欲擊打那隻可惡的鳥。但這隻鳥明顯地受過訓練，牠的動作何

等迅捷，耳輪中只聽得那瘦高男孩一聲呼哨，於是人和鳥便飛也似的一起逃離了現場。

我的手臂涓涓地淌出血液。

啊！那小女巫的讖語……

我忍著傷痛趕到洞外，洞外的情景簡直更令我吃驚，班班西居然就站在溶洞口。他什麼時間出來的？從哪裡繞出來的？為什麼不提前跟我吱一聲？但我心裡種種的疑惑和責怪，全被立刻迎上來的班班西的無比關切衝到了一邊。班班西一下子拉住我受傷的手臂，急切地說，姐夫，你怎麼了？怎麼流血了？班班西一面問候著，一面摸索著從口袋裡掏出創可貼，細緻而嫻熟地替我包貼起來，班班西繼續說，姐夫，你聽到有聲鳥叫了嗎？你聽到我喊你了嗎？唉，都怪我，沒有照顧好姐夫，以前就聽說過的，說太陽金字塔下的溶洞裡，有貓頭鷹一類的鳥，會傷人的。聽聽，他一個勁兒地自責，我怎麼還好意思再去責問他？不過有一點，我聽到了那隻鳥叫，但我確實沒有聽到班班西喊我。難道他真的喊我了嗎？看著一個十幾歲的孩子真誠關懷我的神情，我現在根本已記不清當時的所有細節，也許他真的喊過吧？但這些似乎都不重要了，重要的是我要記住班班西的再三叮囑，千萬不要把此事透露給伊塞爾，否則他姐姐會嚴厲訓斥他。

七

這天下午，伊塞爾提前回家了，她比往日早了很多，似乎是專門來等我的，依稀她知道我們在金字塔的所有事，知道我進過金字塔下的溶洞，知道我被一隻猴面鷹抓傷。我根本沒有告訴過她，班班西會告訴她嗎？應該更不會的，再有如果班班西告訴她，我怎麼

會不知道呢，一路上我們一直在一起的，而且一進家，我的親愛的「白娘子」就直接把我迎到她的房間裡，班班西是無論如何沒有時間的。難道伊塞爾真的具有「白娘子」的本事？真的能招會算？我問伊塞爾，我說，你是怎麼知道我被猴面鷹抓傷的？伊塞爾故作神秘，她說，我的傻許仙，我是白娘子啊，許仙的什麼事，白娘子還能不清楚嗎？聽聽，這簡直是天方夜譚！

　　伊塞爾這天突然溫柔得如一潭水，我來到墨城差不多十天了，這還是第一次，她把臥室的門反鎖起來，一下子把我拉進她的溫柔鄉。她命令我躺倒床上，命令我什麼都不許想，然後脫掉我的鞋子，就開始給我做中式的足底按摩。我有些難為情，用力躲閃我的腳，我說跑快一天了，腳可能有些臭……伊塞爾嬌嗔地對我噓了一聲，她的左耳又開始跳拉丁牛仔舞了，她輕輕撸了一下沿著左耳穿過的金髮，篤篤地望著我。她柔柔地管我叫許仙，她說，她喜歡許仙，愛許仙，愛許仙的一切，當然也包括許仙的腳臭，說著，她還伏到我腳上抽鼻嗅了嗅，她說，不臭啊，一點都聞不出臭啊。接著，她又開始揉捏我的雙腿，酸痛的腿被她一捏感覺舒適極了。記憶中這是伊塞爾第二次給我按摩，第一次是在西湖楊公堤的一艘帶黃色布篷的小船上，我們整整划了半天的船，是06年秋季的某個週日下午，從午後大約兩點，一直到晚上八點，我們把小船划進夜幕下的一片松林旁，借著密林的掩護，我們第一次就在那艘小船上做了愛，我們的愛浪拍碎了處子般的湖水，驚擾了即將入睡的楊公堤，之後伊塞爾就幸福地給我做了一次很專業的中式按摩。此刻，我看著伊塞爾的雙掌在我腿上節奏均勻地扣響，仿佛楊公堤的那個美妙夜晚又重現眼前，我再也無法抑制身體漸漸湧起的亢奮，噌地一下子坐起來，猛地抓住她的雙手。可是門外突然傳來她奶奶的叫聲。

　　伊塞爾，伊塞爾，吃晚飯了。

　　我們沒有在家吃晚飯，伊塞爾偷偷拉著我溜出了家，時間是下午不到六點，伊塞爾說這個時間，她母親根本還沒有做好晚飯，完全是她奶奶在盯著她，盯著我們。伊塞爾把我拉進她的紅色本田車。我不知道伊塞爾要帶我去哪，但到了此刻，我已經深信伊塞爾仍然像以前那樣愛我，她斷不會把我當成一名中國勞工隨便賣到某個地方。一定是我們的愛情遇到了許多麻煩，這是很自然的事情，她在地球的這面，而我在地球的那面，兩國的文化存在著迥然的差異。我能做些什麼呢？我好像什麼都不能做，只能眼睜睜地看著伊塞爾一個人去面對，去克服所有的困難。

　　伊塞爾這天似乎特別開心，這從她雜耍一樣的飆車就可以看出來。夕陽已經被幢幢的高樓所淹沒，正值下班的高峰，改革大街上的車輛如同鬧了蝗災年頭的蝗蟲，伊塞爾的車子也就是沒長蝗蟲那樣的兩條長腿，否則她準讓她的車蹦起來，蹦到其他車輛的身上，或者乾脆躍過去。伊塞爾的車技我早已經領教過，她跟我說過，她不是男孩，否則她說什麼也要做一個出色的賽車手。華燈初上，我們趕到了憲法廣場，這是墨西哥城的中心廣場，類似於北京的天安門廣場。我看見了廣場正中央每天要舉行升降旗儀式的那根粗大的旗杆，看見了廣場周圍的國家宮、市政大廈、博物館、殖民時期的大教堂、阿茲特克人的大祭壇、以乳白色為主體的外交部的現代化辦公大廈以及各式各樣的融古涵今、景色獨特的建築。伊塞爾告訴我，只要仔細品讀憲法廣場，就可以完全領略到墨西哥城600多年來的滄桑巨變。難道伊塞爾是要帶我欣賞憲法廣場的夜景嗎？我問伊塞爾，伊塞爾立刻搖了搖頭，她的左耳又跳起舞來，她說不，即便要欣賞，也不會是現在。因為她知道我現在根本沒有一點心情欣賞什麼廣場夜景。

　　伊塞爾真的要成了白娘子了。

　　我們的車緩緩地從憲法廣場的邊道穿過。我對伊塞爾說，伊塞爾，我想儘快出去找份工作。伊塞爾對我笑了笑，她說，嗯，這我知道，另外我還知道，你現在非常著急鬱悶，想離開我家，想搬到外面去住，想去打工，哪怕隨便一家超市的上架員或隨便一家小餐館的廚師配菜兼廚房清潔，你什麼都願意幹，你甚至開始懷疑，我是不是已經變心了，對吧？伊塞爾簡直要把我嚇著了，我現在的全部心事她都能夠猜透，不，不僅是現在，從我們相識到成為戀人，整整三年多的時間，我每時每刻的心事她幾乎都能猜透，她如果不是白娘子，就一定做過我腹中的蛔蟲。伊塞爾繼續說道，許仙，你是我可愛的好許仙耶，堂堂的杭大經濟學碩士，我怎麼會捨得叫你去幹那種粗重的工作呢？呵呵呵，放心吧，我的親愛的許公子，最多還需要一週時間，我們的事情就全部能夠得到解決了。

　　伊塞爾的左耳不停地跳舞。

　　她居然把車直接開進了一家廠院，還開到了職工餐廳！這是一家規模中等的工廠，好像是專門生產電腦辦公耗材的。廠門口的保安似乎對伊塞爾的車很熟悉，對她本人似乎也很熟悉，車一到門口，保安竟露著一臉諂媚的笑點頭哈腰的跑過來。啊，莫非這是她父親的工廠？伊塞爾向我提起過，說她老爹是一家工廠的老闆，但她沒有說過那是一家怎樣的企業。車開到餐廳門口戛然而止，時間剛好是傍晚6:40，我忽然看見了伊塞爾的父親，她老爹正笑逐顏開的迎在餐廳門口，身後站著幾個隨從，一看便知應該是廠裡的骨幹。我已經傻了，依舊愣愣地坐在車內。伊塞爾這時猛地拍了一下我的肩頭，她說，傻許仙，還不趕快下車？今晚你岳父大人專門請你。我怯怯地由車裡鑽出來，她老爹一改往日的冷面，簡直換了一個人，立刻朝我迎過來，十分熱情地一下抓住我的手，他聲音朗朗地吩咐身後的一個人，去，趕快叫咱的廚房師傅上菜……

八

這是我來到墨國最愉快的一個夜晚。這個夜晚天公也相當作美，連日來深邃的夜空第一次綴滿了亮晶晶的星斗，靜謐的別墅群裡，錯落有致的草坪燈與夜空中的星斗遙相輝映，我也是第一次感到這裡的生活是如此愜意。我站在別墅頂層自己臨時房間的小窗前，欣賞社區的夜景。我知道我的「白娘子」就在樓下，和我的房間相對，我是多麼的渴望她能上來啊，但我連電話都不能給她打，也不能發簡訊，因為她奶奶像往日那樣一直在她的房間。她們的談話從她的小窗飄出來，飄進我的窗口。她奶奶還在苦口婆心地勸慰她，她奶奶說，她有三個兒子，沒有女兒，只有她一個孫女，千萬不要嫁到中國呀，中國是什麼樣的地方？那裡太遙遠了呀，好像都不在地球上；那裡也太落後了呀，你看那裡男人的打扮，身穿長袍子，腦後編著長長的大辮子，騎在高頭大馬上，真的無法想像他們吃什麼。當初你選擇去那裡留學，我和你爺爺就反對。可是我們反對的時候，你已經在出發的路上了。不過，這一次，我們說什麼也不能再由得你胡來了。

伊塞爾一直嘻嘻地笑。伊塞爾不言語顯然急壞了她奶奶，老太太提高了聲調。我說我的寶貝孫女，你聽見奶奶的話嗎？伊塞爾終於說話了，她的聲調也挺高，仿佛是在說給我聽。奶奶，你的寶貝孫女都聽見了，請你和爺爺都放心吧，我怎麼會嫁到中國呢？我不會離開墨城的，我就嫁給恰帕托恰副總編，你們不是都很喜歡恰副總編嗎？這回輪到她奶奶笑了，老太太嘿嘿的笑聲從一個老人的心底裡發出來，甜絲絲的，聽上去就像一個得到某種滿足的小孩子。老太太最後說，嗯，乖孫女，這樣才是奶奶的好孫女，不過……不過……老太太的聲

調突然壓得很低，似乎欲言又止。我把頭探到窗外，她蚊子一樣的聲音還是一字不落的傳進我耳朵。不過，你可不許偷偷上去呀。我能想像老太太說這話的時候，多半用手指了指房頂。伊塞爾突然嗲嗲地撒起嬌來，奶奶——我都聽你的！還不行嗎？

老太太悅然地腳步聲終於走向了門口。

我用手掌輕輕拍擊視窗外的牆壁，我估計伊塞爾能聽到。果然伊塞爾很快也把頭探到窗外，她歪著頭，左耳朝上，光線有些黯淡，但我能清晰看見她左耳的拉丁牛仔舞跳得非常誇張。我對伊塞爾做了一個親吻的動作，我問伊塞爾，我說，娘子，你為什麼要欺騙老太太啊？伊塞爾對我擠了一下左眼睛，她說，我沒有欺騙她呀，我在欺騙你呀。欺騙我？就是啊。那你果真要嫁給恰帕托了？當然了，不嫁給他嫁給誰，難道還真嫁給你嗎？那你為什麼非要給自己起名白娘子？起白娘子怎麼了？白娘子只屬於許仙！可我這個白娘子就偏偏不屬於許仙，許仙有什麼好，那麼呆，那麼愚鈍，又那麼笨，一點都不解風情。你敢說我不解風情？嗯，就說你，就說你，你就是不解風情嘛。我什麼時候不解風情了？就現在，現在你就不解風情。那好，我現在給你解一把風情看看。我噌地一下躍上窗臺，坐到窗臺上，兩手扳住窗框，順下雙腿，就要往下溜去。伊塞爾嚇得趕緊對我擺動雙掌，嘴裡急著說，不要，不要，我的傻許仙，你不要動啊。我看著她，她忽然學著趙雅芝所飾演的白娘子，分別將雙手食指摁拄自己的太陽穴，口中念念有詞，然後又將兩根食指，放到自己胸前，快速地旋轉數圈，最後猛地一指我，大聲說道，定！我還真的立刻就定住了。

不過，我不是被伊塞爾定住的，是被身後突如其來的敲門聲定住的。這麼晚了，是誰來敲我的門？伊塞爾也聽到了我這裡的敲門聲，她趕緊縮回腦袋，我愣了愣，敲門聲再次響起來，我也趕緊退

到房間。我平穩了一下自己的呼吸，走向門口，對著門輕聲詢問，是誰呀？是我，姐夫，你開開門。原來是班班西這壞小子。班班西就住在我隔壁，我看了一下時間，都十一點多了，他這會兒還來我的房間有什麼事？不過他來也好，我正想看看他葫蘆裡裝得究竟是什麼藥呢。我打開門。班班西神神秘秘的，都到這會兒了，懷裡還抱著那個足球，想必他睡覺的時候，恐怕也離不開足球吧。班班西走向窗戶，紗窗我竟然忘記了關上，班班西學著我剛才的樣子，把腦袋探到窗外，他向下看了看，又縮回來，同時關上紗窗和玻璃窗，轉過身，用一種非常促狹的眼光上上下下打量我。我被他看得有些發毛，不知這小子要搞什麼鬼，我猜測他一定有話要說，而且不想他姐姐聽到。果然他一本正經地說，好哇，姐夫，你竟敢調戲我姐姐，我去告訴我奶奶，我奶奶也許會把你轟出家，你信不信？沒想到，這小子居然一直在監視我。

我立刻裝出很害怕很可憐的樣子，我央求班班西，我說別，好弟弟，你千萬別。班班西似乎早有所料，料定我會恐慌，料定我會央求他，或者好像一切都和他預先想像的一樣，他滿意地點了點頭，嘻嘻笑起來，像大人哄小孩似的，走近我，拍拍我肩頭，嘻嘻，姐夫，真害怕了？別害怕，我是和你逗著玩的，我哪能那麼做？我已經跟你說過了，我只認你一個人做姐夫，而且是永遠管你叫姐夫。我裝作非常感激地看著他。班班西忽然話鋒一轉，不過嘛……哦，對了，姐夫，你是不是覺得我姐姐很喜歡很愛你？我不做任何表態，只聽他繼續說。姐夫，你千萬別有那種感覺，我告訴你吧，你還不瞭解我們墨國女郎，墨國女郎個個都很浪漫的，就拿我姐姐來說罷，也許她真的很愛你，但是她也一樣會非常喜歡恰帕托，何況恰帕托那麼有才，而且他的身份和社會地位又遠勝於你，也許姐夫你心裡可能不服氣，但起碼目前遠勝於你吧？更可怕的

是，他已經為了我姐姐離了婚啊，他正在利用一切手段抓緊追求我姐姐啊，對了，我姐姐沒跟你說吧，她這幾天一直都在《開發報》社，一直和恰帕托在一起，你信不？我的思想真的開始有些動搖了。這個下夜，忽然又轉為一個不眠的長夜。

九

是的，也許伊塞爾真的還愛我，但這並不能完全否定她也喜歡恰帕托。雖說她在欺騙她奶奶，但欺騙者的謊言，往往有時候就是一個人內心世界的真實寫照。不可否認，恰帕托的確是一個相當有頭腦的傢伙，與之相比，我簡直就是一個不諳世事的毛孩子；而且，不難想像，恰帕托的經濟條件一定相當寬裕。而我，只是杭州一個普通小市民家的孩子，我樣樣條件都不及恰帕托，我唯一可以與之抗衡的，可能也就剩下了我的名字。但誰敢保證伊塞爾永遠不棄用「白娘子」？就算不棄用，也完全可能像她自己所說，「白娘子」就一定屬於許仙嗎？何況我根本不是那個許仙，而她也不是那個「白娘子」。不過，有一個問題我似乎更應該相信伊塞爾，那就是來自她父親的突然轉變。起初，我以為是她父親根本沒看上我，哪知道其實是他對中國存在著許多偏見。再加上他的企業在中國製造業的衝擊下，一年比一年衰落，甚至就在我和伊塞爾來到墨城的當天，就接連又有兩家辦公用品專賣超市通知他們，以後將不再從他們工廠簽貨。那一刻，伊塞爾父親簡直恨死了中國的製造商，也因此連帶著極其討厭中國人。伊塞爾父親很感激自己的女兒，他說是伊塞爾對他的開導，才有了他對中國問題的理性思考，他必須要看到自己企業發展中的不足，而不應該一味地去責怪中國，中國的發展趨勢必然勢不可擋，而他要做的，是必須要制定適當的發展戰

略方向，抓住機遇，做出改變，從與中國的合作中獲得更多的實際利益。伊塞爾父親最後還真誠地邀請我加入到他的門下，並希望我認真考慮。

嗯，我應該相信伊塞爾對我的專一。

那麼，班班西呢，他為什麼總愛搗鬼？

班班西越來越不簡單，開始，我只是認為這個孩子特別好逗，喜歡糾纏別人，然而到了今晚，我徹底改變了對他的看法，班班西要遠比我想像的複雜得多，他居然拿出兩份事先起草好的協議書讓我填寫。雖然，在我看來協議書中要求我所履行的承諾只是一件微不足道的小事——就是讓我幫他購買2008年北京奧運會他所選中足球場次的門票，並屆時無條件充當他們的嚮導，但這行為足以說明這孩子工於心計，足以說明這孩子的可怕。難道他處處幫我，就像協議書中他所承諾，為我提供他姐姐的行蹤，提供恰帕托追求伊塞爾的進展情況，提供他父母和他爺爺奶奶私下裡的談話內容以及他們每個人的態度……就是為了讓我完成一件那樣簡單的小事嗎？即便他不那麼做，他就單單地求我，或著乾脆吩咐我，我作為他姐夫，哪怕就是最終我沒有做成他姐夫，我也會欣然地去幫助他啊。僅說明來自他父親平時行為的影響嗎？好像也不那麼簡單。他為什麼總在我面前渲染恰帕托追求伊塞爾的事情？而且多少有些誇張的嫌疑？為什麼每個場次要買三張門票？顯然不可能是他家裡其他人的。隱隱的我覺得他恐怕還在做著其他事情。可是，那究竟是些什麼事情呢？

黎明在我意識漸漸模糊的時候到來。

我好像睡著了，其實也就是一刹那，我做了夢，夢見伊塞爾真的成了「白娘子」，她腳踩黑雲漂浮在半空中，不停地猛揮動手臂，她在做法，像水淹金山寺一樣，太平洋的水嘩嘩地湧過來，不

過不是湧向金山寺，而是湧向她家的別墅，眼看著水面就快要逼近三層了，我忽然看見班班西驚恐萬狀地騎在窗戶。班班西一面掌拍窗框，一面高聲求他姐姐，姐姐──不要啊──不要啊──他忽然也看到了我。我像昨晚一樣正把頭探到窗外，幸災樂禍地瞅著他，我的窗前則奇跡般的沒有一滴水。班班西馬上喊我──姐夫──快幫我制止她──制止她呀──姐夫──嘭嘭嘭，嘭嘭嘭，姐夫──拍擊聲一陣緊似一陣。我終於醒過來，啊，原來是班班西在正在敲我的門。我昏昏沉沉的，一面應著班班西，一面由床上爬起來。我打開門，班班西興致勃勃地衝進來。班班西說，姐夫，快準備準備，今天我帶你去阿卡普爾科，我們去那裡看懸崖跳水。

　　阿卡普爾科懸崖跳水那可是最為精彩刺激的旅遊景點，以前我就聽伊塞爾說過，它位於阿卡普爾科灣西邊的「拉克夫拉達」，據說是世界一絕。「拉克夫拉達」在西班牙語中是「峽谷」的意思，兩座對峙的嶙峋峭壁，呈Ｕ形豎立在海邊，懸崖之間只有一條狹長的海溝，最窄處僅有五六米，最寬處也不過10來米，潮水漲到最高點時水深4米，海浪拍擊著絕壁和附近的礁石沖向峽谷，迴旋水流又從峽谷中沖出，發出雷鳴般的轟響。7月應該正是阿卡普爾科的旅遊旺季，每天要有5場懸崖跳水表演，中午和晚上，據說最壯觀刺激的是晚上10點以後進行的最後一場表演。看臺上擠滿來自世界各地膚色不同的遊客。離拉克夫拉達不遠的海面上浮動著旅遊部門安排的遊艇，遊客也可以從海上趕到那裡觀看跳水表演。海螺聲起，幾個皮膚黝黑的青年手持火把，一邊揮手向觀眾致意，一邊沿著看臺的臺階拾級而下，他們翻過護欄，躍入峽谷的海溝，奮力划向對岸。然後沿著對面陡峭山崖隆起的岩石向上攀登，停在不同高度，再先後跳下。他們個個身懷絕技，表演單人和雙人前滾翻360度等動作。最後一名青年雙手舉

起火把從35米高度的懸崖絕壁上展開雙臂飛身躍出，在空中的瞬間如同展翅飛翔的海燕，火把劃出一道光亮優美的弧線，落入崖底的激流中。

我的困倦一掃而光。

又是伊塞爾安排的吧？幹嘛不提前告訴我呢？想給我驚喜？伊塞爾就是這樣，總是喜歡給人製造驚喜。不過，老實說，這對目前的我來說算不上多大的驚喜，我來墨國並非是出來遊玩，我想先找份比較理想的工作，作為一個男兒，不能總寄人籬下，否則，連我自己都要瞧不起自己了。伊塞爾父親的工廠我不想去，起碼暫時不想去，雖然和我的專業有些對口。原因嘛，很簡單，我不想落得個「攀龍附鳳」之嫌。我在班班西的不斷催促下，磨磨蹭蹭地走進洗漱間。不想，我的手機這時突然響起來。是誰給我打電話呢？我在墨國除了伊塞爾一家人，再沒有任何親人或朋友。難道是伊塞爾或她的父親？我趕忙從洗漱間裡跑出來，跑回自己的房間，手機還在不停地響，是個陌生號碼，我接通電話。喂，你好！是許先生嗎？是個女人，聲音聽上去似曾相識。是誰呢？我在墨城只認識兩個人，如果那叫認識的話，一個是我的情敵恰帕托，另一個便是他的同事咚瓦瓦。噢，對，就是那個咚瓦瓦，咚編輯，《開發報》的社長助理。我馬上大聲響應。你好！咚助理，我是許仙。許先生，打擾你了，是這樣，我們社長要見你，想跟你談談，請問，你今天上午有時間嗎？有，有。那好，就請安排一下，上午9點鐘，準時來我們社長辦公室。好的，好的。祝許先生好運，我們待會見！謝謝！一定！我掛斷電話。伊塞爾居然不聲不響地立在我身後，她的左耳跳得異常厲害，兩隻大眼睛神秘秘的，忽閃著說，我的許大相公，需要娘子幫忙了吧？我愕然了幾秒鐘，啊？哦，需要，需要。

十

　　《開發報》社長約見我，為什麼？不用問，顯然是我的「白娘子」伊塞爾所為。但我還是忍不住問了，我先是定定地看著伊塞爾，想在她臉上尋找些端倪？可我什麼都看不出，伊塞爾的臉突然間變得如同一個天真爛漫的小孩子，完全把她成竹在胸的東西掩藏在了背後。我只好央求說，好娘子，告訴我好不好，那個社長約我究竟什麼事？伊塞爾不說話，她居然唱開了布仁巴雅爾的《吉祥三寶》，她學著小姑娘的神態和腔調，唱過幾句，突然撲向我，在我腮頰上輕吻了一下，跑出了房間，又忽然停下，回過頭來，對我莞爾一笑，學著京劇《白蛇傳》的道白，相公，娘子現在到車裡恭候你了——伊塞爾學著臺步消失在樓梯口。

　　我趕忙重新來到洗漱間。我還不知道那個社長是男是女，但肯定是個見多識廣、博學多才的長者。我要儘量把自己打扮的帥氣一些，要在他面前完全展現出一個當代中國碩士畢業生精明幹練的風貌，我第一次穿上了從老家杭州剛來時買的乳白色的西褲，醬紫色的皮涼鞋和墨綠色的蠶絲T恤，站在穿衣鏡前，我忽然發覺，其實我原本也是一個很帥氣的青年，我的形象決不亞於那個恰帕托。我的目的其實很簡單，就是不能給我的「白娘子」伊塞爾丟臉。嗯，我已經打定主意了，我不管那個社長要跟我談什麼，我要喧賓奪主，主動地就把話題扯到我的專業上來，跟他談經濟，談發展，而且主要談我們中國改革開放三十年來的經濟浪潮和如今所取得重大成就；再有，如果他不反感的話，我也可以和他談談我們中國豐富多彩的傳統文化。想到此，我忽然間對自己信心倍增，忽然對自己即將的赴約躊躇滿志，我也像伊塞爾一樣自言自語地學了一句京劇

《白蛇轉》道白，娘子，請不要焦急，我這就來了——我腳步輕盈地走出房間。

走到樓梯口，猛然想起來，我應該和班班西打個招呼，人家熱情地要帶我去阿卡普爾科看懸崖跳水，而且現在看來今天也絕不是伊塞爾的安排，我怎麼能辜負人家一片盛情偷偷地溜走呢？我踅回來，走向班班西的門口，舉起手，正準備敲門，忽然聽到班班西正在與誰說話，我猶豫著，不知該不該這會兒打斷他，只聽他說，我告訴你呀，今天許仙不去阿卡普爾科……他要去你們報社……這你不能怪我沒履行承諾……是你們社長要見他。他在通電話，與誰通電話？分明是在彙報我的情況，啊！顯然是恰帕托！怎麼，這小子也跟恰帕托簽了一份協議嗎？我轟地一下子，似乎什麼都明白了，班班西一面忽悠我，一面忽悠恰帕托，他要從兩個共同愛他姐姐的人身上索取利益，我自然感激他，心甘情願地替他辦事。恰帕托呢，嗯，差不多應該是錢，他一定是要從恰帕托那裡索取預先商定好的酬勞費。看樣子，去阿卡普爾科看懸崖跳水，像是恰帕托的主意，也許費用都是由他來出也說不定，他為什麼要這麼做？很明顯是要調開我，好讓他有更多的機會接近伊塞爾。那麼日月金字塔的事呢？那事好像確為伊塞爾安排，但現在想來，恰帕托也一定瞭解詳情。噢，對了，伊塞爾一定是無意間聽到了班班西向恰帕托的電話彙報才得以盡知我在太陽金字塔的情況。

唉！這個壞小子簡直……

我和伊塞爾母親以及她爺爺、奶奶分別打過招呼，匆匆走出別墅。伊塞爾果然已等在車中。我的新裝令伊塞爾眼前陡然一亮，待我鑽進車內，她興奮得都顧不得可能一直窺望在別墅窗戶上的她爺爺、奶奶的目光，謔地把我撲住，我們做了一次長長的激烈的親吻，直到

都快要喘不過氣來。是的，這許多日子以來，我們都在渴望，一直在尋找機會，但這樣的機會似乎只有那次去杜萊昂的途中才出現一次，但那次卻偏巧趕上伊塞爾的身體不適。車子拐上起義者大街，我的身體依然處在亢奮的高點上，我問伊塞爾，我說，娘子，你想嗎？伊塞爾斜了我一眼，咬牙切齒地說，我想吃了你，想把你整個人都弄到我的身體裡。伊塞爾終於又在我面前露出了墨國女郎的強悍與瘋狂，一個男人在一個無限愛他的女人瘋狂的表情中獲得了無比的幸福。啊，車外起義者大街的早晨是如此的和諧與美麗。

這個早晨我們互餵了一次早餐。

8:45，我們準時趕到《開發報》大廈。這是一座非常宏偉壯麗、形狀奇特的建築，坐落於墨城中心，墨城的許多出版機構都設立在這座大廈裡。《開發報》在第38層。我沒有再進一步逼問伊塞爾，我知道，既然她不打算告訴我社長約見我究竟意欲何為，自然有她的道理，事到如今，我還有什麼不相信伊塞爾的呢？伊塞爾把車停在大廈前的廣場上，我們手挽著手，我們是一對任何外力都無法拆散的親密戀人，一起走進富麗堂皇的大廈正廳。我突然發現了咚瓦瓦，還有那個恰帕托，這兩個人居然已經候在大廳一側的休閒沙發上，面向大廳的門口。看到我們，他們立刻站起來，一面親切地揮手，一面熱情地迎過來。咚瓦瓦率先握住我的手，口中寒暄著，歡迎歡迎。接著是恰帕托，恰帕托也非常自然友好地握住我的手，仿佛他與我、伊塞爾還有班班西之間從來不曾發生過任何事。恰帕托居然還奇怪地用比較生硬的漢語邀請我，他說祝願我們今後合作永遠愉快，希望我們能成為永遠的好朋友，他今天中午準備做東，咚瓦瓦作陪，希望我們無論如何要賞光。說得我真是丈二和尚摸不著頭腦。這到底怎麼了？伊塞爾究竟做了些什麼？我用問詢的目光看伊塞爾，可伊塞爾只是神秘地微笑。

十一

一切都出乎我的意料，社長居然那麼年輕，居然是咚瓦瓦的老公。哦，還有令我更愕然的，社長約我來其實是想跟我談我和伊塞爾的工作，社長說他很欽佩伊塞爾，欽佩她的遠大抱負。本來我作為杭州大學的經濟學碩士畢業生，如果加入到伊塞爾父親的企業，就一定會給他的家族企業帶來巨大的轉變，但伊塞爾寧可先捨棄小家，而考慮國家。他說，墨西哥作為拉美最大的發展中國家，又毗鄰世界最發達的美國，享有與其簽訂的自由貿易協定的便利，但墨西哥近幾年的經濟增長卻相當遲緩，除了石油價格不斷攀升對經濟的刺激之外，墨西哥似乎失去了增長的動力。而伊塞爾的理想抱負正好和《開發報》當前發展的主旨不謀而合，亦即透過《開發報》這個媒體平臺，來引導墨西哥學界，乃至全國的製造業，對中國的問題都能有一個理性的思考，讓墨國的政府日益認識到與中國展開多方領域合作的重要性。哈哈，用伊塞爾自己的話說，她做我們整個墨國的「白娘子」嘍！《開發報》已經決定招聘伊塞爾和我，作為報社的駐華記著前往北京工作，試用期一年，希望我能夠接受。我當然願意接受。

走出社長室，我熱烈地擁吻了伊塞爾。

這頓午餐的龍舌蘭酒，顯得格外香甜。

趁著一點點酒興，伊塞爾飆車帶著我遊覽整個墨城。墨城南北略長，東西稍窄，群山環繞，大大小小的花園、眾多的廣場、紀念碑和雕像鑲嵌在城市各處，景色秀麗，雖為7月的某個下午，但墨城沒有炎炎烈日，墨城一年四季氣候溫和。我跟伊塞爾商量，我說，我想去看阿卡普爾科晚間10點多鐘的懸崖跳水。伊塞爾嬌嗔地

說，嗯——不行。我說，我想租一艘小遊艇，在「拉克夫拉達」不遠的海面上，就像在杭州西湖的楊公堤，我們拍擊一次海浪，拍擊一次「拉克夫拉達」的嶙峋峭壁。伊塞爾仍然說，嗯——不行。我急著問她，我說，怎麼啦？難道你又不想了嗎？她說，我當然想，我怎麼不想？可是現在不行，還不是時候。我又問她，為什麼？伊塞爾回答，還有爺爺和奶奶的問題沒有解決，心有旁鶩，我們還無法做到全身心地拍擊。噢，是的，我竟然給忘記了，家裡還有兩個非常愚頑的老人。但想必對於解決他們的問題，伊塞爾早已經成竹在胸。

　　夕陽西下，轎車駛回了起義者大街。我又問伊塞爾，娘子，我們現在去幹什麼，回家嗎？她說，對，回家，回家接爺爺和奶奶，逛墨城中的中國的大型超市。然後呢？然後我們請他們到一家中國的酒店共用晚餐。再然後呢？再然後，我們一起去墨西哥大劇院。去那裡幹什麼？看電影嗎？不，不是看電影，那裡這幾天正在上演走近中國大型歌舞晚會。嗯，真的不錯，我的伊塞爾真的不愧為「白娘子」，這樣的安排可謂無懈可擊，相信經過今晚的一切，伊塞爾的爺爺、奶奶再也不至於繼續認為「如今的中國人上街還要騎著高頭大馬」。但是，還有一個班班西呢，這個滑頭小子……似乎……我正思考班班西的時候，竟忽然看到了班班西。啊！還有兩個比較熟悉的身影，一個似乎是那個在太陽金字塔下溶洞裡的瘦高瘦高的男孩，而另一個則是金字塔塔頂那個如同巫師一樣的賣貨小女巫。

　　我驚愕得禁不住啊了一聲。

　　三個人混雜在十幾個孩子群裡，這裡是離伊塞爾家不遠處的一個路邊小廣場，一群孩子正在那裡興高采烈地踢足球，那個瘦高男孩充當著班班西一方的門將，而那個小女巫則站在他們假定的球門

後，負責截住踢過來的皮球。女孩的肩頭上居然立著一隻鳥，啊，牠也許就是抓傷我的那隻猴面鷹吧。伊塞爾也發現了班班西，伊塞爾放慢了車速。啊，我看清了，那隻鳥就是一隻猴面鷹！伊塞爾突然停下了車子，她下了車，朝小廣場快步走去，我高聲叮囑伊塞爾，我說，嗨，娘子，你不要批評他呀。伊塞爾回過頭，對我微笑著擠了一下左眼睛，她開始喊叫班班西，班班西，班班西。我看見班班西先是愣了一下，接著，很快把腳下的足球傳給了同伴，他朝伊塞爾飛快地跑了過去。由於距離稍遠，我聽不見姐弟倆在說些什麼，但我能猜測，他們的談話內容肯定與我有關，因為班班西在不住地把腦袋轉向路邊的紅色本田車，他還向車子揮動了三次手。不多時，伊塞爾匆匆地返回來，待伊塞爾剛剛要接近車子的時候，我看見班班西忽然率領著小女巫和那個瘦高男孩，拼命地朝我們的車子追過來，三個孩子幾乎異口同聲地喊著，姐夫—— 姐夫—— 等等我們—— 我們三個要跟你去北京——

（刊於《草原》下半月2011年第1期〈頭條〉）

隱居溫哥華

一

我端詳著鏡子中的那個人，良久，冷冷地問他，你是誰？叫什麼？為什麼總是出現在我對面？毫無禮貌地盯著我？那個人嗤地譏笑了一聲，喊，你傻呀？神經了？我不就是你嗎？我當然叫麥頓，那不是你自己起得非常得意的名字嗎？不——我聲嘶力竭地大吼一聲，又開始瘋狂地四處亂翻亂找。我終於找到了自己的身份證，哈哈大笑著回到那面鏡子前，混蛋！你他媽就是個混蛋！我憤怒地罵著麥頓，把身份證貼到他臉上，你看看，看好了，我他媽哪裡像你，我明明叫蔣芳，雖說稱不上是個大胖子，可體重也足足有170斤，而你呢？你的體重過得了100斤嗎？還有，你再仔細對比一下膚色，我明明是黃皮膚，你卻是白種人！我已經無法看到麥頓的表情，他瘦窄而蒼白的面孔幾乎被身份證全部遮蓋起來。但是我聽到了麥頓再一次的譏笑聲。喊，看來你不僅有點神經了，好像還得了健忘症，仔細想想，那蔣芳不是你在中國的身份嗎？來溫哥華後，就給自己整了容，還漂白了膚色，我麥頓的相貌當然不能再是那個蔣芳了，但我麥頓就是你蔣芳呀。不，你胡說！我一拳揮了過去，只聽鏡子嘩啦一聲碎裂了。我看見自己手上涓涓地淌出了血，滴滴答答地灑到地上。大概是第九次了——麥頓總是這樣被我弄得支離破碎。

這是溫哥華春天的凌晨。

我鑽出麥頓闊綽的別墅。

　　腥濕的太平洋晨風幾乎吹翻了他，我駕馭著他輕飄飄的身體——這對我來說，依稀都已成了一件比較艱難的事，我的力量越來越小，體質越來越孱弱，雖說整了容，面部也漂了白，可自從出逃溫哥華大半年以來，依然無法擺脫每日惶恐的心態，我吃不下飯，睡不著覺，整日頭痛欲裂，我患上了所有藥物都無法使其緩解的頑固抑鬱症。我思念親人，內心陷入難以自拔的極度愧疚中，我知道我的家人們正在飽受著被沒收財產後的巨大生活壓力，也正在遭遇著周圍所有人的白眼和唾棄，這都是我——一個出逃的貪官給他們帶來的恥辱和不幸。體重的驟減，使我越來越領略到一個生命的簡單與脆弱，說不定哪天，也許我就會變成一縷氣體，隨著這遙遠陌生國度的風輕描淡寫的飄散。但是，我如今卻不能為他們做任何事，我只能寄希望於麥頓的身體能慢慢地康復起來，然後等一切都過去了——就像某個偶然的機會，我在唐人街一家香港人的餐館，無意間聽見兩個同類說的話，又想國內了吧，想也得憋著，回去就出不來了，像我們這樣的人，就只有一個字——「等」，只有等到一切都成了老皇曆，我們才有可能重新變成一個有國家的人。

　　是的，我一直固執地鍛煉著。

　　我不開車，每天沿著菲沙河畔孤魂野鬼般疾行。菲沙河寬窄不一的水域十分寧靜，我習慣了一面走，一面細數河畔繁多的鳥類，海鷗、水鴨、白天鵝、白頭鷹、藍鷺、鸕鶿等，嬉戲的鳥兒們常常能沖淡我蕪雜的思緒。但這個早晨，邂逅林蓓蓓打亂了我已漸漸養成的習慣。是的，那確實是一次邂逅，當林蓓蓓那張熟悉的臉突然出現在我面前的剎那，蔣芳幾乎被嚇得跪到了地上。還好，一向比較機智的我，很快便從兩人對碰的漠然的眼神中捕捉到，噢，不用怕，林蓓蓓只認識蔣芳，她並不認識麥頓。

　　林蓓蓓失魂落魄地從麥頓身旁走過，她只看了一眼他，就像迎

面偶然遇到了一株普通的樹木。她閃了一下身體，便繼續前行。我立刻停下，轉身，目睹著這個昔日一貫在他人面前頤指氣使的小蹄子，她的背影一掃過去的倨傲，仿佛背上駝了什麼東西，使她的步伐看上去沉重、遲緩而略顯蹣跚。她低著頭，但視線似乎並沒有注意菲沙河畔較差的路況，可能腳下被什麼東西突然絆了一下，她居然猛地跌倒了。她趴在地上，好長時間一動不動。我狐疑地盯著大約也就十米開外的她，我猜測她可能是生病了，而突然跌倒也許令她暫時昏厥了過去。我有點緊張地慢慢地走上前。越來越近的腳步聲大概驚擾了她，原來她並沒有昏厥。她看著我的腳，緩緩地坐直身體。

眼光散淡而迷離。

Hi（嗨），what's wrong with you（你怎麼啦）？Can I help you（我可以幫助你嗎）？加拿大的官方語言為英語。我不能說漢語，因為那樣口音肯定還是蔣芳，作為昔日林蓓蓓家的常客，她當然能聽出蔣芳的口音來。她眼光依然那麼散淡，仿佛根本沒有聽到我的話，或者沒聽懂。怎麼會這樣？據我瞭解，這小蹄子在我們市讀高中的時候，英語就非常出色，何況她來溫哥華差不多兩年了，不可能聽不懂英語的。Hi——我蹲下來，蹲到她面前，再一次佯裝親切地招呼她。她眼神飄動了一下，抬起手隨意揮了一下髮梢上的髒物，居然淺淺地對我微笑起來。噢，天哪！這小蹄子怎麼了？難道瘋了不成？

我怯怯地伸出手，摸了一下她的腮頰，想試試反應。果然沒有怒，而且愈加燦爛的笑容裡似乎隱隱流露出一種頹廢的慾望，呵呵，她的笑發出了刺刺的聲響，像挑逗，鄙視，又像發洩。你不帶我走嗎？不必假惺惺的拘泥，立交橋下面，或者哪個建築廢墟，甚至垃圾場，哪都行——她回頭望了一眼身後的菲沙河畔——噢，你

如果懶得走，或者等不及了，就在這河邊也行，只要你不怕招來許多人像欣賞A片那樣觀看。我愕然了，眼睛大大的瞪著她。可能她忽然意識到我聽不懂漢語，所以又立刻用熟稔的英語重複了一遍。林蓓蓓沒有瘋，一定是她的生活遇到了大麻煩，她或許從昨天晚上就一直在大街上閑溜，她在期待，期待哪怕就是一個無比骯髒的流浪漢，能夠對她施以最變態的強暴，她要以肉體被殘酷踩躪的方式來懲治自己和那些給她帶來嚴重傷害的人。嘿，不管怎麼，也許是風騷的小蹄子此刻真的勾起了我的慾望，抑或是別的，比如在國內，在她家，長期盛氣凌人的她，當著她市長父親的面，曾經給我製造的那麼多如同小丑一樣的難堪，我真的陡地冒出了霸佔慾。

We make love(我們做愛)？我問。

Yes, am I pretty（好啊，我漂亮嗎）？

Ok, fllow me（漂亮，跟我來吧）！

二

林蓓蓓被我領進麥頓的別墅。

從一接近麥頓家保護隱私的樹籬，林蓓蓓就顯露出非常詫異的神色，她似乎暫時忘記了內心中的傷痛，或者是麥頓的豪宅實在是太過於豪華了，已經完全超出了一個自幼出身於官宦人家女人的博見。這套經典的現代設計風格的三層獨立房，位於溫哥華最高尚的Shaugnessy地區，是蔣芳——化名麥頓，時任市供電局局長，於2005年秋天的時候，一次在轉移貪污受賄錢財時所購買，占地面積大約300多平方米，花了488萬加元，約合人民幣3300多萬。林蓓蓓的眼光突然盡掃不久前的迷離，見到洋房北岸環繞的群山，以及正面無敵English Bay（海灣）和Stanley Park（公園），她就開始不住

地審視麥頓的面孔。我看出來，那詫異的眼神中，明顯隱含著諸多疑竇。但我不管她是否存在疑竇，因為我確信，無論如何她都不可能看出麥頓就是過去的蔣芳，就是那個曾任由她鄙夷隨便呵斥的、她父親手下的一個小局長。我的情緒已經變得相當迫切，想佔有她的身體，蹂躪她的身體，甚至蹂躪她的曾經不可一世的靈魂。一個小女子而已，在中國你是市長的女兒，但在溫哥華你什麼都不是。林蓓蓓還在若有所思地觀看，觀看步行至海邊的棧台，以及樓底設施齊全的電影房，運動或遊戲房……我大聲催促她，fllow me（跟著我）！Quick（快）！

這是來溫哥華我第一次感到無比快慰。

林蓓蓓跟著我一直來到三樓麥頓臥室。

她傻了，似乎忘記了自己的傷痛，忘記了此前特別渴望被人強暴，愣愣地看著麥頓寬敞的走入式衣櫃，看著衣櫃中各個季節的國際名牌服裝，看著我脫掉身上的森馬休閒服飾，直到我急躁地把那麼名貴的上衣隨手甩在地上，而不顧一切地撲上去，並非常野蠻地一掌將她推倒在床上，她恍惚才突然回憶起自己糟糕的心境。林蓓蓓的後腦磕了一下床頭，她發出了一聲類似於叫床般的哼叫，這無疑給我已經迫不及待的情緒注入了亢奮劑，我一個虎躍撲到小蹄子的身上，用麥頓輕飄飄的體魄壓住她。小蹄子在哼叫的同時，閉起了雙目，眉宇間皺起一個不大不小的疙瘩，我知道她已經重新陷入萬念俱灰的情緒，此時不蹂躪更待何時？我不管她是否痛苦，還是同樣快樂，我要在腦海裡記錄下，一張凝固了飛揚跋扈趾高氣揚的面孔，在性器官受到衝擊的時候，是不是也像其他女人那樣同樣展露風情萬種的風騷表情？我把嘴巴堵在她的嘴巴上，瘋狂地親吻，我騰出右手，伸到我們幾乎黏在一起的中間位置，手指粗暴地摳向她最敏感的地方，我忙活了好一陣兒，努力了好一陣兒。但是，我

發現，她竟然沒有產生除了皺眉以外的任何反應，她不作聲，不扭動，甚至都不呼吸，就像一個死人一動不動地躺在麥頓的身下。

我停止了盲目行為，稍作喘息。

噢！我忽地有所頓悟，在心裡嘲笑自己，媽的，不管蔣芳還是麥頓，你什麼樣的女人沒見過？沒玩過？東京的、紐約的、巴黎的、多倫多的，幾百萬一夜的黑人影星你都曾經買來隨便消遣，現在在一個如同鄰家妹妹的小蹄子面前，你竟然慌得手忙腳亂。又不是十幾歲的少女，哪那麼容易就產生反應呢？我一面在心裡批評自己，一面慢慢脫去身上所有的衣服。我赤條條地站在床邊，開始一件件除去林蓓蓓的包裝。林蓓蓓很配合，解胸罩的時候，她居然主動側過身體，把後背的帶鉤暴露出來。終於成為兩個一絲不掛的肉體了，我再次施展麥頓的渾身解數，我當然懂得女人，為了能更好地觀察，我嚴格遵循女人身體的規律，循序漸進。鋪墊了大約半個小時，我再次讓兩個肉體以古老的姿勢黏合在一起，我奮力運動，像一台老式推土機。我感覺已經大汗淋漓了，兩個赤條條的肉體，在這並不算溫暖的溫哥華初春，就如同沐浴在一潭水中，哦，我終於看見林蓓蓓有所反應了，她很深的皺起眉頭，睜開不耐煩的雙眼，接著，她仿佛並沒怎麼用力，似乎只輕輕一拱，便把麥頓氣喘吁吁的身體翻到了一邊。她慢條斯理地坐起來，極其不屑的目光瞥了一眼麥頓下身，同時嘴巴無比輕蔑地撇了一下，像是自言自語地歎息一句，唉，真他媽晦氣，竟碰上一個不中用的廢物！我謔地彈起來，眼睛瞄向被林蓓蓓鄙夷的地方。其實整個過程，我一直都知曉，只是開始的時候懷疑，中途是恐懼，後來是沮喪，我無法接受麥頓身體已經喪失男性功能的事實。從什麼時間開始的？我顫慄！

啊——我禁不住痛苦地大叫了一聲。

更始料不及的事情還是接下來。林蓓蓓不屑的眼光看到了麥頓

全身，看到了麥頓被漂白過的面孔、脖頸和雙手，看到了其餘地方依然是黃色的皮膚，不屑的眼神登時轉變成驚愕，她雙眼兀地亮起來，似乎解開了內心中先前的諸多疑竇，聰明過人的小蹄子噌一聲跳到地上，咚咚幾步撲進走入式衣櫃。但可惜到了此刻麥頓還依然沒有明白，或者依然處在喪失性功能的痛苦中，他只是定定地不解地看著她，看著她奇怪地翻看衣櫃中各種名牌服裝，甚至麥頓還有一個非常幼稚的猜測在腦海裡一閃而過，他想，莫非小蹄子要強行拿走幾件名貴衣服不成？確實，麥頓的思維沒有跟上節奏，等他恍惚感到有點不妙的時候，林蓓蓓已經從衣櫃中跑出來，抱起她自己的衣物，閃電般地竄出了麥頓臥房。麥頓一個箭步衝上前，但只抓到了飄在後面的胸罩，林蓓蓓眨眼間便逃到了被樹籬圍起的院落中。她停在樹籬門口，一面穿衣服，一面隨時觀察著麥頓。麥頓站在獨立房門口，他沒有膽量光著身子追上溫哥華大街。他聽見穿起衣服的林蓓蓓狠狠地大聲說，嗨，畜生——她完全恢復了昔日盛氣凌人的姿態，居然稱他為畜生——我雖然不認識你，不知道你姓甚名誰，不知道你來自哪個省，但我敢斷定，你是個中國人，而且是潛逃的貪官，對不對？

麥頓恐慌得無言以對。

溫哥華素有「人類最佳居住城市」美譽，世界各地特別是來自中國的豪門到溫哥華移居近年來更是趨之若鶩。麥頓聽說，西溫地區出售剛剛建成的豪宅，購買者有8成來自中國大陸，尤其是那些Townhouse, 90％被他這樣的人買走。到了此刻，麥頓多少有些懊惱，他懊悔自己內心深處的中國情結，懊悔在他的房子裡佈置了過多的中國元素，懊悔不該把那麼多中國名牌服裝還保留在衣櫃裡，更懊悔不該為了發洩胸中某些陰暗的東西，而把一個如此諳熟中國官場的女人領進自己的家。事實上以林蓓蓓的經驗，推斷麥頓是個

潛逃的中國貪官，簡直就是輕而易舉。麥頓束手無策，只能等待林蓓蓓的下文，他在心中祈禱，只要林蓓蓓不立刻給中國警方打電話，一切就都有迴旋餘地，否則，他就有可能面臨再次潛逃，再次整容……見麥頓不言語，林蓓蓓得意得哈哈大笑起來，不要怕，可憐的貪官，放心，我不會報警的，嗯……起碼暫時不會，你知道唐人街有一家叫做「KEVIN CABARET」的香港人酒店嗎？噢，你肯定知道，我希望明天晚上7:00能在那裡見到你，沒別的，真的不用怕，我只是想跟你談談，記著，最好是去呦，因為我已經記下了你的房子和你的人喔！

林蓓蓓說完，轉身揚長而去。

我追了幾步，慌忙跑回別墅。

<h2 style="text-align:center">三</h2>

其實，許多中國移民，無論是來溫哥華創造的，還是來純粹享受溫哥華，大都無法根除骨子裡那種根深蒂固的中國結，即便就是像我這樣，腰纏萬貫而且相對比較低調的貪官也是如此，所以隨著越來越多的新移民湧入，你可以明顯感受到，溫哥華唐人街所呈現的那一派空前繁榮的景象。我喜歡走在唐人街上，喜歡兩側一家挨一家的小賣店，喜歡超市裡琳琅滿目的中國商品，大到桌椅板凳，小到針頭線腦。當然我一般不買任何東西，只是悄悄走進去，悠悠轉一圈，伸手摸摸某件東西，深深嗅嗅裡面的氣息。我同樣喜歡街邊眾多的餐館，總是聞不夠縈繞在餐館外面那些中國菜的味道。不過，我卻很少悠閒地坐到哪家餐館裡，不管是香港人開的，還是臺灣或大陸人開的，因為唐人街上幾乎所有的餐館飯店都不設包間和雅座，包括檔次相對較高的「KEVIN CABARET」同樣如此。因

為，我確實有些擔心那裡人多嘴雜。故而更多時候，我寧願選擇打包，把自己喜愛的食品帶回麥頓豪宅。

或者乾脆不雅地走在街上吃。

我忐忑地走進唐人街，提前了大約兩個小時。老實講我有些害怕與林蓓蓓這次相約，因為我不知道林蓓蓓在溫哥華的背景，還有她究竟要與我談什麼。她如果結交了黑社會怎麼辦？如果埋伏了員警又怎麼辦？當然這後一種的可能性幾乎為零，因為據我掌握，中加迄今為止尚未正式簽署引渡條約，即便簽署了也關係不大，這就是中歐、中美之間的最大差異——死亡不引渡，亦即，只要我不觸犯加國的法律，加國警方就絕不會找我的麻煩。我最害怕的是前者，一個人漂泊在外，最祈盼的當然是相安無事。但是，我又不敢不去，起碼暫時必須滿足她的要求，因為我深信小蹄子的聰明和能力，深信她定能查清麥頓的來龍去脈，即便我想變賣麥頓的一切財產，躲開她，去法國、美國、澳大利亞，或者隨便哪個國家，也需要臨時穩住她。

夕陽裡的唐人街更為熱鬧。

我躲在「KEVIN CABARET」斜對面的一家音像店裡。初移民這裡的內地人都特別驚訝，類似這樣的小店中，幾乎包羅香港、臺灣以及內地流行的所有書籍和音像製品，免不了讚歎店主，是如何搞全這麼多國貨的！店面並不大，但完全是按照內地音像店格局所佈置，店員也全是中國人。所以身處其中，你完全感覺不到這裡居然是地球另一側的溫哥華。我一面和小店員搭訕，一面不時地將目光瞟向窗外，瞟向「KEVIN CABARET」的門口。我當然用漢語，因為來這裡買東西的人都用漢語，只不過我讓麥頓說出的漢語顯得生澀些，就像一個老外在說中國話。我讓店員給我拿阿寶的帶子，還有鳳凰傳奇的帶子，並要求在這裡試聽。小店員非常驚奇地看著

麥頓。我學著阿寶的樣子和腔調唱了一句「山丹丹那個花開呦紅豔豔」，接著又唱了一句「在你的心上自由地飛翔，燦爛的星光永遠地徜徉，一路的方向照耀我心上，遼遠的邊疆隨我去遠方」。小店員一聽，臉上立刻露出花一樣的幸福。我問她，知道你們中央電視臺的星光大道吧？她連忙回答，知道知道。我告訴她，我要學那個郝歌，去參與你們CCTV星光大道。她的眼光更加明亮了，熱情而殷勤地為我服務。我要的就是這種效果，我知道大凡在國外的中國人，一旦遇到欣賞中國的老外，就會立刻勾起他們內心的自豪感。我自然就可以獲得長時間地在此逗留而不被嫌厭。

我一面聽著阿寶的歌聲——這也確實是我的摯愛，麥頓的電影房裡收藏了阿寶全部的唱片——一面留意著「KEVIN CABARET」。這家香港酒店人氣永遠那麼火爆，我私下裡曾經猜測，也許這跟他聘請了一位北京大廚關係莫大，8加元半隻的「KEVIN CABARET」烤鴨，口味絕不遜色於北京正宗的「全聚德」。可能那麼多光顧這裡的客人，感覺都與我相同。隨著夕陽的沉落，「KEVIN CABARET」門前的來人漸多，我細心地觀察著，看有沒有那種比較危險的人物。沒有，每一個形形色色的男女看上去都很平常。但是眼看快要到7:00了，林蓓蓓卻一直沒有出現。難道小蹄子在誆我？逗我玩？不對，那絕不是她的性格。小蹄子和人交往一向矜持傲慢，何況她根本不認識麥頓，斷不會隨便與一個陌生人開這種玩笑。忽然，我看見一個非常熟悉的婦人身影，沒錯，就是她，僅從那個豐碩無比的臀部我就可以一眼看出來，這世界真是太小了，居然讓我在這裡遇上了林市長的夫人林太太——哦，可怕的林太太！

我早就害怕這個女人，這女人表面上像一個普通的家庭婦女，但平凡的表面正是她諱莫如深的外衣。不光我，我敢說市裡

中層以下的幹部幾乎人人都怕她。她沒有正式工作，也很少在公共場合拋頭露面，但市里每個幹部的檔案，就像她的指紋一樣被她熟記於心，她擁有非凡的記憶，比之檔案局電腦的資料庫有過之而無不及，因為資料庫所記載的，無外乎幹部的工作簡歷，而她的腦子裡卻搜羅裝載著每個人甚至包括幹部家屬們的各種花邊事件。如果她是一個長舌婦人，那也就罷了，可怕的是，她從來不把那些花邊資料展露給任何外人或當事人，她只展示給對她言聽計從的林市長。一句話，林夫人的態度，就等於我們市每個幹部是否能夠升遷的晴雨錶。有些膽大的幹部，常常在私下裡取笑林市長，說林市長一定是被林夫人的大屁股征服了。是的，在當今社會，幹部包養情人似乎已經成為一種時尚，但林市長卻一直「世人皆醉為我獨醒」。

　　林夫人的屁股究竟有多大？當然沒人真正量過。對了，千萬不要把林夫人想像成那種水桶腰的臃腫華貴的官太太，事實上已經年過50的她身材保持有依舊有如少婦，她的小腰纖細得甚至就是個少女，誇張一點說——當然，這是人們目測的結果，說林夫人的屁股足足有她體重的五分之二。五分之二什麼概念？相信想像力豐富的您眼前一定已經出現了林夫人過於「卓爾不群」的風姿。反正在我們市，很多人都戲稱她為「巨臀狐」。我害怕「巨臀狐」。「巨臀狐」顯然是受命於林蓓蓓。麥頓在「巨臀狐」面前，還能表現的鎮定自若嗎？能不習慣性地露出蔣芳的奴才相嗎？如此細心而精明的女人會不會看出麥頓的破綻？當「巨臀狐」走進「KEVIN CABARET」，我依然處在亂糟糟的思緒中，以至於阿寶的歌都已經唱完了，我還在愣愣地看著外面。小店員疑惑地一聲高過一聲地提示我，先生，先生，您的帶子……您的帶子已經結束了……

啊？哦，我慌亂掏出一疊加元來。

四

說來慚愧，我是被兩個陌生的青年押進「KEVIN CABARET」的。說押進似乎有些誇張，正解差不多是脅迫。本來我已打定主意，打算迅速離開唐人街，偷偷離開溫哥華，離開加拿大，隨便去歐洲、澳洲或者哪怕非洲的什麼國家呢，自己一個人孤獨地旅行。只要能夠逃出林蓓蓓和「巨臀狐」的視線，哪怕從此葬送了麥頓豪宅，我都義無反顧。

但是，我委實低估了那對人精。

我的注意力完全放在「KEVIN CABARET」，一點都沒有發現音像店外何時來了兩個形跡可疑的青年。我裝作很坦然地走出音像店，嘴裡繼續哼著「遼遠的邊疆隨我去遠方」，他們便鬼魅一般欺近身前，一左一右架住我的胳膊。我惶惑地看著他們，兩個傢伙滿臉的漠然相，我掙扎著，對他們大聲吼叫，bastard(混蛋)！let me go quickly(快放開我)，not so, I will call policeman(不然我就喊員警了)！他們仿佛沒有聽見。麥頓輕飄飄的身體被二人架起來，瞬間穿過了唐人街，一直來到「KEVIN CABARET」的門前。我嘴裡不停地用英文罵粗話，許多遊客駐足或放緩腳步，投來詫異的目光。他們像摔死狗似的，把我摔在地上，一個人鄙夷地呵斥我，快別裝蒜了，你不是中國人嗎？不妨告訴你，我們倆盯你一天了，還是痛快說中國話吧，髒官，滾進去！

另一個冷不防踢了我一腳。

逃跑暫時沒可能了，只有走一步看一步。很顯然，兩個傢伙受命於林蓓蓓和「巨臀狐」。我硬著頭皮進去，決心硬扛到底，所以

不能尋看「巨臀狐」，否則她就能猜出我認識她。我若無其事的坐到一張桌邊，佯裝要吃飯的樣子，大大方方叫服務生，waiter。但沒有waiter走過來，我瞥見「巨臀狐」卻從斜刺裡虎視眈眈地迎上來，事實上她站在那個角落一直盯著門口，一直候著我，也許在白天的某段時間，比如早晨我走出麥頓豪宅，在菲沙河畔晨練的時候，她和林蓓蓓帶著那兩個青年，就已經在盯著我了。

「巨臀狐」直接走到我跟前。嘈雜的餐廳裡，眾多的中國食客，都在盡情享用自己民族的佳餚，或者相熟的人在述說國內的大事，沒人留意「巨臀狐」的行為，因此，她居然毫無禮貌的伏下身，將臉彎向我後腦。我不知這狡詐的女人意欲何為，於是，擺出相對嚴肅的神情詢問她，lady（這位太太），how do you do（你好），Something wrong（有事嗎）？她不理我，反而更加囂張地伸出手，竟拉住我左耳。我慍怒地正要搪開她的手。不料，她冷冷地笑了兩聲，卻自己鬆開了，接著慢條斯理地坐到了我對面。

你好！久違了，蔣局長。她突然說。

我心裡咯噔一下，第一反應是，她在試探我吧？麥頓和蔣芳的容貌可是存在很大差異的，麥頓是純白色人種，連我自己看著鏡中的麥頓，都基本尋不到蔣芳的痕跡。對，一定是在詐我。想到此，我立刻裝出一副完全不懂的樣子，困惑地看著她，淡淡說，What（什麼）？Really sorry（實在抱歉），lady（太太），What do you say（您在說什麼）？I do not know（我不懂）。

哼，哼，還真能裝蒜！

她再次冷笑了兩聲，眼神中飄逸著堅定而得意的光芒。蔣局長，她突然伏到桌面上，壓低聲音說，你能瞞住全天下的人，卻無法瞞住我，你不瞭解我嗎？我是幹什麼的？精於什麼？實話告訴你，你在溫哥華偷偷買房子的時候，我就偵查過你了，我早就知道

你落戶於Shaugnessy地區，只是不知道具體哪棟房子。要怪只能怪你自己，竟欺負到我家蓓蓓頭上。蓓蓓一跟我描述你的情況，我就開始懷疑你了，要知道，一個人的容貌可以透過現代醫術改變，但他習慣性的言行舉止卻很難改變，你以為不說中國話，我就聽不出你的家鄉口音，就無法判定你是蔣芳了，對不對？你知道我為啥看你左耳朵嗎？那就是你蔣芳特有的標誌，我相信不管你再怎麼整容都不可能細緻到耳後，你耳際後面天生存在著兩顆麻子一樣的小疤，教你一點民族文化吧，在我們傳統的相術裡，管那樣的小疤叫作倉，生在耳際前面叫前倉，後面的叫後倉，有這樣一句術語，你母親沒告訴過你嗎？前倉吃糧，後倉吃糠，也就是說，不管你現在擁有多少財產，早晚有一天，你會變得一無所有，甚至落魄街頭，因為你天生就是吃糠的命。

我的心開始顫慄了。

怎麼也沒想到，「巨臀狐」觀察人居然細心到如此地步。我感覺窘迫爬上了麥頓瘦窄的白臉，麥頓開始不由自主地吞吞吐吐，我……我……「巨臀狐」一伸手攔住了我。我我我什麼呀，咋不說英國話了，裝不下去了吧？噴噴，看看，看看我們曾經被人們稱為型男的蔣局長，一米七八的身高，八十五公斤標準體重，一口流利的英語，典型的知識型幹部，何等的被人追捧，前途多麼的無量，如今咋瘦成這樣了？真是可憐，噴噴，像一根竹竿，想家想的吧？給家裡打過電話嗎？敢打嗎？料你也不敢打，告訴你吧，你跑了以後，你母親就病了，聽說得的是腦血栓，倒是搶救過來了，不過，她老人家的命似乎不太好，聽說癱在床上了，連大小便都不能自理。你老婆和你那寶貝兒子……

我老婆和兒子怎麼樣了？你快說！

　　我無法把持常態，竟衝動得猛然站起，隔著餐桌，兩隻瘦長的爪子砰地揪住她雙肩，拼命地搖撼，說——快說——我的聲音壓住了所有人的暢談，撞到餐廳裡的玻璃發出刺耳的聲響。人們的目光齊刷刷地集中過來。「巨臀狐」卻很優雅地伸出兩根食指，以不可抗拒的威嚴，輕輕撥開我雙手。小蔣，她笑吟吟地說，請注意身份，你是局長嗳，那麼大官，一方霸主哩，怎麼能當眾咆哮呢？快坐下，冷靜冷靜。我坐不下，更無法冷靜。身為人子，老母臥病在床，我卻不能守孝其旁；為人之夫，我卻把育兒贍養之任全拋到她一個弱女子肩上；為人之父，本該以身相教，我卻給他樹立了叛逃國家的榜樣。妻子早就患有低血糖病……兒子應該正在讀大二……想到這些，就仿佛有一把刀子深深刺進了心臟。我趴到桌子上，哇哇的號啕大哭起來。

　　服務生走過來，詢問「巨臀狐」發生了什麼事，並問需不需要幫助。她們似乎早有默契。但我顧不了那些了，積壓在心底大半年來的想念就像突然被打開了閘門，洶濤駭浪般狂瀉噴湧，我哭得簡直山崩地裂，麥頓不能制止我，餐廳裡任誰都不能制止我。「巨臀狐」此時站起來，我恍惚聽見她在向人們道歉，她說，對不起大夥了，這是我堂兄弟，他突然聽說家裡發生了大不幸的事，所以就……干擾了大家用餐心情，我在這裡給你們賠禮了，請相信我，相信我兄弟，他一會兒就會好的。不知哭了多久，可能是累了抑或有些虛脫，我突然感覺麥頓的身體越來越軟，我無力再控制麥頓的身體，眼看著他慢慢地沿著桌面往下滑，最後竟咕咚一聲跪在了地上，這還不算，他還一連給「巨臀狐」磕了三個響頭，他緊緊抓起她的手，懇求說，林夫人，您行行好，就告訴我吧，無論您讓我做什麼，哪怕是做牛做馬我都同意。

五

我來到「KEVIN CABARET」操作間，幫助林蓓蓓做廚房勤雜，具體說就是替廚師配菜、洗碗和打掃廚間的衛生。這當然是「巨臀狐」的吩咐。我驚訝林蓓蓓竟在此做這種又苦又累薪水又不高的下賤工作。林蓓蓓不是在溫哥華留學嗎？怎麼⋯⋯看來林市長也一定出事了。林市長甭想不出事，雖然他在我們市的腐敗網系中最位高權重，但他老婆「巨臀狐」分批次地把一家老小都移民到溫哥華，就註定了早晚有一天會出事。用時下一個比較時尚的詞語來形容林市長，他就是我們市最惹人眼目的「裸體做官」。是，按照某些人的設想，「裸體官員」就如最輕裝的部隊，稍有風吹草動便可以迅速轉移。但無形中也等於把自己提前列為了紀檢部門重點注意的目標。

林市長究竟如何了？

我沒有問「巨臀狐」，也不想向林蓓蓓打聽，總之，他怎麼樣了並不關我的事。事實上他的落馬也絕不是因為我潛逃。我關心的是「巨臀狐」究竟要我怎樣才肯說出我老婆和兒子的現狀。不可能只是想讓我在這骯髒的操作間裡替林蓓蓓做勤雜工吧？做這種工作，很明顯她們在溫哥華的生活已到了相當窘迫的境地，如果需要錢，就直接跟我要得了，幹嘛非得讓我嘗做這種苦力，難道要教育我嗎？還是擔心我奸猾，不肯給她們，或者不肯滿足她們獅子大開口？我無法揣摩老謀深算的「巨臀狐」，還是那句話，走一步看一步，反正若想獲得我家裡的資訊，仰仗「巨臀狐」才是最佳的選擇。

我在林蓓蓓的指揮下，把堆積如山的碗盤擺好，推進大機器，然後再一抱抱取出，再用盡全身的力氣，把一摞摞高高的盤子和碗抱到櫥櫃。從小到大，我何時幹過這些？不多時麥頓瘦弱的身體便

開始氣喘吁吁，眼前金星亂竄。我用懇求的目光投向林蓓蓓。她正在笨拙地殺一條深海魚，她一面打鱗，一面很認真地叮囑我，告訴你呀，要小心，摔碎了可是要賠償的，我媽媽說，你必須得好好鍛鍊鍛鍊，她是看在我們過去曾有的交情上才這麼對你好的，否則真輪到你吃糠的那一天，就只剩下死路一條。我媽媽還說，你早晚會明白她的深意，也許現在無法體會到。但是，會有那麼一天，這其實是一種幸福。

狗屁！我在心裡不屑地罵。

「巨臀狐」怎麼了？那真是她內心的想法嗎？是不是神經了？一定是。我還以為只有麥頓一個人神經了，看來很多潛逃的貪官及家屬，神經都不太正常。我們冒著被殺頭的風險，斂巨財，甚至與自己至親至愛的人永隔分離，難道不是來「最適於人類居住的城市」享受生活嗎？真是滑稽可笑！但我不敢把心中的不屑表現到臉上，我怕她們，雖然我們並無多少宿怨，正所謂風聲鶴唳草木皆兵；另外，我不是還有求於她們嗎？我只有強力支撐下去，沒完沒了地把一趟趟運回來的盤碗，一次次推進洗碗機。麥頓的衣服很快被汗水浸透了，綿軟的雙腿不斷地打顫，眼前一陣陣發黑，終於，隨著一大抱碗盤嘩啦一聲全部跌落在地，麥頓重重摔倒，失去了意識。

麥頓睡了好長時間，恍惚把大半年來所缺失的覺都要補回來，他在並不安穩的睡夢裡聽見自己的肚子咕咕叫，感覺自己非常餓，聞見一股奇異而熟悉的香味團團圍住了他。哦，那是什麼香味？竟如此奇特，對了，是蝦米醬炒雞蛋的味道，似乎還摻雜了清純的玉米粥味。會是哪裡？在哪聞見過這種味道？啊，不好！是林市長家，林市長家的早點經常做蝦米醬炒雞蛋和新鮮的玉米粥。怎麼會到林市長家？糟了！是麥頓被引渡回國了！繩之以法了吧？麥頓驚駭之下，嗖一聲坐起來，同時睜開有些浮腫的眼睛。

噢，一場虛驚，不是林市長家。

一顆咚咚狂跳的心慢慢回到胸腔。我看清居然躺在麥頓的臥房。我不是在「KEVIN CABARET」作勤雜嗎？一定是林蓓蓓和「巨臀狐」把我弄回來。早晨的陽光穿過寬大的玻璃，安詳地鋪在床上。看來麥頓整整睡了一宿。蝦米醬炒雞蛋的香味釅釅地彌漫。饑腸轆轆的感覺再次襲上來。一定是「巨臀狐」或林蓓蓓在某家中國超市做了採購，又回來在廚房裡做了早飯。我從床鋪上下來，沒有去衛生間，從來沒有的饑餓感強烈引誘著我，直接走向餐廳。母女倆果真還在，聽到了動靜，雙雙迎上前。林蓓蓓說，叔叔，您醒了？「巨臀狐」說，小蔣，餓了吧，我做了早飯，嘗嘗合不合胃口？

這母女怎麼了？變化如此巨大？吃了什麼藥嗎？我有點不知所措，惶惑地看著她們。「巨臀狐」對我笑了笑，沒事，小蔣，不用拘謹，又不是在國內，而且我也早不是什麼市長夫人了，是我有事準備和你商量，你快去吃早點吧。我確實太餓了，管「巨臀狐」耍什麼花招？必須先吃飽了，才有精力和她們纏鬥。我強擠出笑容，尷尬的說了句那好，你們先坐著，便一個人鑽進了餐廳。「巨臀狐」是個很懂也很會照料身體的傢伙，水煎包、胡辣湯、蝦米醬炒雞蛋和四樣拼好的小菜，原來並沒有玉米粥，而是一大盤煮好的黃燦燦嫩玉米粒。我立刻坐下，一陣風捲殘雲。說來奇怪，隱居溫哥華這麼久，還從來沒覺得吃什麼東西香，我破天荒地第一次吃了頓飽飯。

——這確實很奇怪。

不過，更奇怪的還是「巨臀狐」，母女倆居然滿臉諂媚相，一點都不像要勒索我的惡人，表現竟有些卑躬屈膝。「巨臀狐」丟棄了所有威嚴，諂媚的笑一直洋溢在臉上，小蔣，吃的還可以吧？我點點頭說，謝謝，非常不錯。別客氣，她接著說，小蔣，都走

到這一步了，我們理應如此，相互關照，你說呢？我不置可否，等待老狐狸下文。我料定這傢伙費盡周張重新結識我——麥頓，絕不可能只是為了「相互關照」。「巨臀狐」遲疑了一陣兒，突然她拉起林蓓蓓，雙雙咚地跪倒在我面前。這突如其來的行為簡直把我嚇傻了，我不知所措，竟也不由自主地跪到地板上。三個人相互攙扶著手臂。「巨臀狐」淚流滿面，一面失聲痛哭一面說，小蔣，請原諒我們昨天以那種方式與你見面，因為我實在害怕你不見我們。我的眼淚也禁不住簌簌滾落。「巨臀狐」繼續說，小蔣，林市長出事了，「雙規」了。我沉默不語。我們需要你幫助，懇請你伸出援手。她們的真誠著實打動了我，我脫口而出，林夫人，請您明示。我們想救出林市長，你知道的，只要能退還所有的贓款，他就不至於在監獄裡度過餘生。本來，我們已經湊齊了最後的800萬，可是正當我準備親自回國，把這筆錢交給有關部門的時候，我女婿，那個喪盡天良的畜生，竟捲著錢和一個女人跑了。小蔣，你看，老林都60多歲了，看在過去曾提拔過你的份上，就幫幫我們吧，其實貪污索賄那些事都不怪老林，這都怪我呀，嗚嗚嗚……說到此，「巨臀狐」已泣不成聲。我連忙把母女攙起來，把二人重新安排在沙發上。待她稍微安靜些，我向她保證，林夫人，您別急，會的，我會幫助你們的，只是……「巨臀狐」立刻喜上眉梢，激動地抓住我的手說，謝謝！謝謝你！我們一家永遠也不會忘記你的大恩大德。激動的眼神中忽地又掠出難堪的神色。小蔣，實在不好意思，其實你家裡的事我們知道的並不多，不過，你放心，我這次回去，一定替你打聽周全。我吞吞吐吐的，林夫人，您看……您能不能順便……幫我打聽一下梅詩涵的情況？梅詩涵？你指的可是開辦模特兒培訓學校的那個梅詩涵嗎？我尷尬地點點頭。「巨臀狐」不解地久久地看著我。良久，才唉地歎了口氣，淡淡道，好吧……

註：「雙規」是中國黨紀處分時用到的一種手段，即規定時間，規定地點，交代問題。只對黨員有效，在黨內使用。一般由黨的紀委檢查委員會工作人員行使。

六

我躲進Gastown（蓋斯鎮）「社會主義大院」。

萬萬沒有料到，「巨臀狐」母女居然窘迫到如此地步，竟在Gastown「社會主義大院」裡與人拼居。「社會主義大院」，那是什麼地方？你聽聽那名字，就基本有了八九不離十的猜測。不錯，正如你想像的那樣，由大約十幾棟老式居民樓圍起來的，一個類似貧民窟樣的社區，裡面居住的80％為中國大陸移民。誠然，作為大溫地區最古老美麗的社區之一，Gastown的確充滿了非常優雅浪漫的情調。這兒的主幹道是一條叫水街的石子路，街上車輛很少，兩邊的街景也很有特色。水街與坎華街交界的地方，是一個由蒸汽機帶動的大鐘，始終不知疲倦地報時。Gastown的精品店幾乎都集中在這兩條街上，從明信片商店到拉爾夫‧洛倫時裝店，生意都十分紅火。入夜，不管你是準備享受地中海風味，還是亞洲或當地風味，隨便選擇一家酒樓就基本能夠得到滿足，而水街的咖啡館、米老鼠店和拉凡塔納更是不錯的去處。還有，就是處於溫哥華市中心的Gastown，距離中國人倍覺親切喧鬧的唐人街特別近。但這些又有什麼用呢？既然你住在「社會主義大院」裡，就無形中標明了身份——大溫地區最底層的公民。有這麼一句俗語，寧當雞頭，不做鳳尾。真搞不懂我們那麼多同袍來此的目的。

是不是有些盲目呢？

我貓在最後面的高層裡，這是我臨時租來的房子，是10層的一

個小獨單。「巨臀狐」母女與一個鶴髮童顏的老頭拼居在對面的8層。我把買來的望遠鏡架在窗簾後面，林蓓蓓每天出入「社會主義大院」，甚至在房間裡的一些舉動，都收在我眼裡。不要笑，小心駛得萬年船，誰能100％擔保「巨臀狐」就一定不會出賣我？再有，「巨臀狐」做事就一定萬無一失嗎？倘若在她瞭解我家情況時，被員警盯上了怎麼辦？如此，倘若員警跟蹤而至，我便可以提前溜之大吉了。

我沒有給「巨臀狐」手機號，事實上，自從在國內，我以麥頓的身份潛逃之前就已經丟棄了原來所有的卡，來到溫哥華後我更是棄用手機。「巨臀狐」猜得很對，我確實不敢給親人和任何朋友打電話，我怕那些電話被安上了竊聽器。而在溫哥華我又沒有任何親人和朋友。我孤家寡人，曾經一度嘗試把美麗的溫哥華，把麥頓豪宅當成蔣芳的家，甚至曾經有過近乎瘋狂的想法，重新再建立一個家，但所有嘗試最終都失敗了。人不同於動物，骨子裡永遠無法割捨那些已存在的親情。「巨臀狐」懷疑我棄用手機的說法，她狡黠的笑笑。我不管她，這樣主動權永遠握在我手裡。

林蓓蓓非常忙碌，透過跟蹤，我發現她確實還在讀書，在溫哥華不列顛哥倫比亞大學攻讀人類學碩士專業。小蹄子一定是被逼無奈，每天從學校裡出來，不管是否疲勞，都會在下午4:00準時趕到「KEVIN CABARET」，一直工作到晚間大約11:00，然後才搖搖晃晃回到「社會主義大院」。她們剛搬來這裡不久，似乎也就一個月時間，但與拼居的老者關係卻相當融洽。那老者據說是個臺灣人，據說解放戰爭後期曾任過國民黨某師師長，不過他究竟因為什麼以及什麼時間移居到溫哥華我卻無從得知。好在這並不重要。我看在眼裡的是這老者每天晚上大約10:30分的時候，精神抖擻地下樓，再走到「社會主義大院」門口，忠實地迎候林蓓蓓，那樣子就像一個

慈愛的祖父迎接親孫女。而林蓓蓓總是很信任地把隨身包交到老者手上，然後相互攙扶著回「家」。

那種「親情」有點讓我嫉妒。

但一個週末的夜裡，林蓓蓓突然未歸。林蓓蓓顯然沒往「家」裡打電話，老者如往常一樣下樓，翹首企盼地候到社區門口，但直到過了11:30，林蓓蓓疲憊的身影也沒有出現。老者不安地打轉，一遍遍笨拙地撥打手機。燈光下，老者出現在望遠鏡裡焦急而沮喪的表情告訴我，不是沒人接聽，就是林蓓蓓已關機。這也令我陡地不安起來。林蓓蓓出了什麼意外嗎？有沒有突然接到「巨臀狐」的什麼消息而匆忙回國的可能？無法排除。莫非「巨臀狐」被扣在了國內？林家腐敗案有林市長一個人扛下來即可，會把「巨臀狐」也牽涉進去嗎？我機警地盯著社區門口。老者無精打采地回家。

我度過一個無眠的通宵。

我不敢貿然下樓，哪怕是深夜至凌晨這一般無人的時段。反正不管是林蓓蓓還是「巨臀狐」，根本不知道我與她們同住「社會主義大院」，正應了那句話，最危險的地方就是最安全的地方，起碼暫時是這樣。即便她們想出賣我，或者已經出賣了我，要為林市長立功贖罪，也應該是把麥頓的豪宅提供給警方。我就守在這裡，不信林蓓蓓此一去永遠不歸。但是情況似乎並非我害怕的那樣，林蓓蓓果真一連三天三夜不見蹤跡。老者失魂落魄的身影長時間地站在「社會主義大院」門口，看上去好快成了一尊望女石。而我也終於耗乾了房子裡所有的食物和可飲用水。不過，「好像仍是安全的」漸漸成為我最終的判斷。於是這天凌晨，我夌著膽子悄悄離開了社區。

未發現任何異常。

我的心基本鬆弛下來。我沒開車，那輛寶馬自從「巨臀狐」識破麥頓後，就一直被閒置在豪宅的車庫裡。我沿著水街一路走下

去。晨光中的水街空寂而蕭索，饑餓的流浪狗圍住餐館外的垃圾桶，趕在運輸車來臨之前，搶奪著骯髒的食物。太平洋晨風沿著街筒吹進來，吹到麥頓淡薄的身體上，我激靈靈打個冷戰。我似乎也有些餓了，肚子咕咕地討要。我加快步伐，拐上坎華街，我知道穿過了坎華街，再走大約30分鐘的距離，就可以趕到唐人街了。唐人街是否屬於Gastown我不清楚，整個大溫地區，主要分成溫哥華、列治文、本拿比，素理等8個城市，而溫哥華更是包括城區、北溫、西溫和東溫什麼的。總之在我看來這裡的行政區域實在複雜。我無心記住別人的東西。

　　但唐人街我卻閉著眼睛能說出挨家的招牌。

　　這裡的生活類似許多國內的大城市，你很容易就能找到一家稱心如意的早點鋪。譬如「KEVIN CABARET」，它雖是一家較高檔次的酒樓，但早晨還不等日出就開始營業了，有很豐富的中國小吃可供人們選擇。當然我走進「KEVIN CABARET」不是為了滿足一下饞慾，我前面說過，隱居溫哥華以來，很少能吃出什麼香甜。我把麥頓的身體當成一個機器，必須適時給它添加能量，才能保證不至於過早報廢。就這樣，甚至有時我都不知道硬塞進麥頓嘴裡的是什麼東西。像現在，我胡亂地往嘴裡塞著，注意力卻全在服務生上，噢，還不錯，總算讓我見了那天的那個服務生，就是與「巨臀狐」對話的那個，一個操著生硬的閩北地區普通話的傢伙。我有點興奮，即刻把他喊過來，我問他，你認識「巨臀狐」吧？他疑惑地看著我？哦，是林夫人，你一定認識林夫人，對吧？他仍舊疑惑，搖搖頭。我輕輕拍了一下腦門，是林蓓蓓，那個在你們酒店操作間做勤雜的。服務生的眼睛突然亮了一下，你們是朋友嗎？我正想找人問問呢，因為她來這裡做工是我介紹的，她怎麼突然不來了呢？我說不，不是朋友，隨便問問，是有人在找她。麥頓的嘴裡突然塞不進東西了。

七

　　林蓓蓓也許真的失蹤了。我去了不列顛哥倫比亞大學，那屬於官方院校，我不願意在任何官方場合拋頭露面，所以只是躲在校園門外，偷偷等了幾次。「巨臀狐」回國一去不歸，我重新陷入舉目無親、無友、無熟人的茫茫世界。與家人團聚的奢望遙遙無期，如今好不容易等來一個可以瞭解家裡情況的途徑，又陡然間中斷。難道此路就真的再沒希望了嗎？我繼續等，在Gastown「社會主義大院」裡等，我不能把蔣芳置身麥頓的豪宅，謹防「巨臀狐」萬一出賣，要直到她哪天回來，透過多方觀察，確信無事，才可以繼續與她們接觸。

　　日子在百無聊賴中又熬過了一週，林蓓蓓和「巨臀狐」仍如泥牛入海。我的膽子漸漸大了一點，敢在白天裡溜出「社會主義大院」透空氣，曬太陽，我一襲黑衣，低著頭，像個怯懦的夜蝙蝠，神不知鬼不覺地飛出大院，飛出Gastown。我不想讓大院中的任何人對麥頓的相貌留下印象，尤其是那個臺灣老者。但是偌大的溫哥華市，我根本不知道要去哪，事實上，我更多行為早就不存在任何目的，一個變臉的雜種，絕對的行屍走肉，有時候我真的開始懷疑，不斷質問自己，把蔣芳變成麥頓，擁抱著過億元財產，圖的到底是什麼呢？

　　這天，麥頓居然回到Shaugnessy地區，當遠遠看見那所令許多大溫人都感到瞠目的豪宅時，我著實嚇了一跳，我在心裡狠狠罵了一句，你瘋了還是神經錯亂了？灌了迷魂湯嗎？誰給你保證那裡沒埋伏人？還好蔣芳的意識及時回到麥頓的頭腦裡，所幸沒莽撞直接奔過去。警鐘長鳴不是壞事，若不是警鐘長鳴，隱蔽得當，運籌帷幄，未雨綢繆，我焉能順利逃到加國？恐怕早就遭到槍決了，很多

官員，譬如林市長，還「裸體做官」吶，不是一樣沒跑了，已經面對冰冷的鐵窗嗎？遠遠的我突然命令TAXI停下，透過車窗，機警地觀察麥頓豪宅周圍。司機愕然且有些不高興地詢問我，Sir（先生），what's wrong（怎麼了）？To the end you go（您到底去哪）？Yet do not go away（還走不走）？If you do not go（如果不走），then you（那您就）……我對他擺擺手，示意不要做聲，同時掏出幾張加元扔給他。他立刻面露喜色。

　　果然有情況，我看見一個熟悉的身影，正在豪宅樹籬外東張西望，那身影很像與「巨臀狐」母女拼居的臺灣老者，只是距離過遠，尚不能確定，我對司機說，Drive, please（開過去），Slowly（慢點），Drive closer again（再開近一些）。隨著距離拉進，我終於看清老者的鶴髮童顏，沒錯，就是他。這老傢伙如何找到這裡來了？我驚愕，但並未慌亂。我讓司機把車停在甬路邊，時刻觀察著，樹籬周圍似乎並沒有埋伏，我多少放心了一些，把注意力全部放到老者身上，老傢伙一幅魂不守舍的樣子，他發現了慢慢接近他的TAXI，依稀驚喜了剎那，但很快便沮喪地搖搖頭。他走到樹籬門口，作為保護隱私的密集的樹籬，其實其內部建有相當堅固的鐵柵欄，而門口安裝著與室內相連的可視門鈴。老傢伙顯然失去了耐心，用手掌粗暴地拍擊門鈴，可見他趕到這裡已經有一段時間，已經多次摁響門鈴了。

　　蔣芳——有人找——

　　他對房子裡高聲喊。

　　這老東西不但知道麥頓豪宅，還知道我叫蔣芳，一定是從「巨臀狐」母女那裡得知的，如何獲悉的？他還獲悉了什麼？是「巨臀狐」母女在議論商討對付我的過程中被他無意間聽到的呢，還是他根本就參與了對付我？根據他與林蓓蓓所表現出的不同尋常的關係推斷，後

者的可能性似乎更大些。但不管前者還是後者,在加拿大,在溫哥華,除了「巨臀狐」母女知道我,現在明顯又多出一個人。

自然也多一分風險。

老東西到底是何許人?我好像疏忽了他,僅是曾經做過國民黨某師師長那麼簡單嗎?噢,他會不會原本就與林家有著某種血統關聯?如果單憑他是個孤獨的臺灣老人,怎麼能在短短的一個多月內就建立起如此親密的關係?師長……董師長……是的,我是聽到「社會主義大院」裡的其他人這麼稱呼他的,咦,林夫人其實也是姓董的,董玉環嘛,只是所有人都習慣了稱她林夫人,所以才漸漸忘記了她的名字。莫非他原籍和我們是同鄉,甚至老人與董玉環根本就是本家?戰爭結束後,老人不得已隨軍逃到了臺灣?

蔣芳──開門──

老傢伙又在對裡面喊。

他找我幹什麼?看情形絕不像受誰指使,對了,一定是他想透過蔣芳打聽林蓓蓓的行蹤,看來他確實一直不知道林蓓蓓的下落,那麼,他一定也去過溫哥華不列顛哥倫比亞大學了。找我打聽豈不是沒辦法的辦法?難道校方同樣不知道林蓓蓓的去向?還是校方不肯透露?

事情似乎真的很嚴重。

但如果林蓓蓓沒向校方告假,確實屬於失蹤,已經十多天了,校方沒理由不做出任何反應的,比如最簡單的,給林蓓蓓家打電話,詢問並告知其家人。看來最大的可能只有帶林蓓蓓的研究生導師才知道,而導師可能又受了林蓓蓓臨行前的叮囑,所以才出現讓人們頗感費解的情況。那麼什麼事會導致林蓓蓓暫時放棄學業呢?似乎只有國內,只有「巨臀狐」那裡傳來了某種消息,而最大的可能是林市長本人發生了什麼。

但一個「雙規」的人還能發生什麼呢？

老傢伙不喊了，也不再摁門鈴。不過他也沒有即刻離去，而是不住地向甬路兩邊張望。他忽然朝著我們的TAXI走過來。他要幹什麼？莫非他發現了我？不可能，他不認識麥頓的，再者他無法看清車內的。我正憂鬱，要不要讓司機把車開走，老傢伙竟已來到車門邊。也好，我正好可以看看他要幹什麼。我伏身，低頭，用一隻手掌撐住額頭，佯裝短寐，我不想讓他看見麥頓的臉。老傢伙一聽就是老大溫人了，英語說得如此流利。Hello（您好），Master（師傅），have you pen and paper（您有紙筆吧）？If convenient（如果您方便的話），please lend me, please（就請借我用一下好嗎）？

他要紙筆幹什麼？

我聽見他在沙沙寫字，最後說了聲Thanks（謝謝），沿原路返回。我抬起頭，老傢伙居然把寫好的東西用唾液粘到樹籬門鎖旁。他終於走了。我趕緊命令司機開過去，迫不及待地下車，跑到門口，只見紙上寫著：

蔣芳，你好！

我叫董寒楓，是林蓓蓓的遠房七爺。蓓蓓和她母親住在我家。不久前蓓蓓母親回國了，這你應該知道，後來，也就是蓓蓓母親離開剛剛三天的時候，蓓蓓就突然不來我家了，我想她大概也回國了吧，因為在她母親走後的第二天，她就接到了母親的電話，隨後情緒就變得異常低落，話言話語中她曾透露過必須馬上回國。但我不敢確定，所以實在放心不下。我問過一些人，可沒人知道。蔣芳，你知道她到底回國沒有呢？希望你見到此條後，立刻來找我，我住在Gastown，我們中國人俗稱的「社會主義大院」，8棟4單元801，如果不方便，也可打我家電話：8980109。謝謝！

我立刻撕下了那張紙。

八

守候了近四十天，「巨臀狐」母女終於回來了。她們的生活迅速步入原來的軌道，精神矍鑠的董寒楓頓時恢復了活力，像一個充實而幸福的老管家。林蓓蓓照常讀書，只是餐館勤雜工作又換了一家——在大溫找這樣的工作非常方便。「巨臀狐」顯得很忙碌，每天早出晚歸，好像也在尋找適合的活幹，真搞不懂老妖精到底想什麼呢。「巨臀狐」連續兩個傍晚趕到麥頓豪宅，當然一貫謹小慎微的我絕不會輕易給她相見的機會，直到對她們觀察跟蹤了數次後，確定安全指數已經達標，我才重新搬回麥頓的家。

「巨臀狐」貌似已經變成一個很有責任心，很講信譽的人，不多日，她居然第三次趕過來。我裝作什麼也不知道，高興而親切地迎接她。本來我估計她又要張口要錢，因為她們的生活實在已陷入水深火熱中，不然斷不會如此頻繁地跑來這裡。倘若僅為了告訴我家裡的情況，那她就不能叫「巨臀狐」了。但是完全出乎意料，她不但沒要錢，反而，尚不等賓主落座，便急著從手袋中掏出一張銀行卡，千恩萬謝地遞給我。我登時被弄糊塗了，懵懂地看著她，只見她粲然笑了笑。小蔣，謝謝你，謝謝你肯拿出這麼多錢幫助我們，但是這錢我們沒用上，我想了想，最後還是決定把它交還給你。

我依然懵懂地看著她。

她再次粲然笑了笑。老林他……唉，我回去晚了一步，老林在我回去的當天……自殺了，不怕你笑話，老林死得很寒磣，他用自己的褲帶，吊死在辦公桌下。我原想把他的骨灰帶來大溫，但他在交代筆記的遺書中，要求我們母女回來後，把他葬到鄉下老家。我們母女給他守了「五七」，所以回來晚了，令你等了這麼多天，實在抱歉。我也粲然笑笑，忙應答，哦，沒事，林夫人，還請您節

哀順變，不要傷壞了身體。

謝謝！

噢，對了，小蔣，你家裡的情況，我替你瞭解了，放心，很秘密，絕沒有任何紕漏，我知道你害怕什麼。只是……只是什麼？您快說，他們現在咋樣了？我撲上去，幾乎失態地抓向她，伸出的雙手，像被燙了一樣，縮回來，慌亂地搓著。「巨臀狐」沉吟少頃，他們……他們的情況不太好，你老婆好像經常犯低血糖病，幾個月來，一直病休在家，一面照顧你母親。我張開嘴，咽喉彷彿突然被什麼東西卡住了，用力咽了幾次，終於咽下去。那我兒子呢？我兒子咋樣了？你兒子——「巨臀狐」垂下眼瞼——他……他在佳家購物廣場做上架工。不可能！我情不自禁地大吼了一聲，我兒子在上大學，現在正在讀大二。「巨臀狐」苦笑了一聲，唉，小蔣，其實這都怪你，你可真夠絕的，全市人都在罵你，說你斂了那麼多錢，家裡竟一點兒都不知道，封你家銀行帳號的時候，聽說就幾萬塊錢，是你老婆工資所存，你兒子沒條件繼續讀書啊。

麥頓傻了，癱在了沙發上。

「巨臀狐」見狀慌忙勸慰，小蔣，小蔣，你沒事吧？她用手掌輕拍了拍麥頓的腮頰，你怎麼了？你說句話。麥頓突然失去了控制，一躍而起，瘋狂地大笑不止，一面笑，一面指點著廳房中的東西，林夫人，您看看，您看看這沙發，這滿屋子的傢俱，漂不漂亮？名貴不名貴？這些都是真正的德國赫斯塔公司產品，足足值幾十萬人民幣啊，可他媽這有什麼用啊？麥頓猛地抓起茶几上的水果刀，一腳蹬翻了茶几，揮舞著刀子瘋狂地刺向沙發，一邊刺，一邊咬牙切齒地罵，我叫你們貴！哈哈哈，我叫你們貴……

「巨臀狐」衝上前抱住我。

小蔣，冷靜，你冷靜點兒。

麥頓的最後一點力氣被我消耗盡，頹然地靠住林夫人，失聲痛哭。她把他軟綿綿的身體扶到已破爛不堪的沙發上，扳過頭，倚在她胸裡，任由他哭，直到慢慢轉為抽泣，小蔣，她說，如果不嫌棄，以後就別叫林夫人了，叫董姐吧。董姐呢，沒什麼本事，如今更早已變成一個大溫窮人，說實在的，董姐其實幫不了你什麼，而且還有可能經常麻煩你，但經過了如今這許多事，董姐總算明白了一個道理，正像老林在遺書裡說的，人活在這個世上，什麼叫享受生命？是創造，不管你創造什麼，在創造中就會孕育出一種期待，期待才是智慧與思維者的真正幸福，否則和那些低能動物就沒了根本分別。

我漸漸趨於平靜。

其實「巨臀狐」說了些什麼，我一點兒都沒聽清，腦子早已飛到國內，眼前出現了那不足110平米簡陋的家，生活不能自理的母親躺在狹小的房間，妻子拖著病體，操持一切家務，生活一向節儉的她，一定不捨得多買些甜食，以補充身體所缺的糖分，也許常常頭暈，冒虛汗，甚至虛脫。肢體仍顯纖弱的兒子，一件件從貨車上搬下沉重的貨物，還要在夜裡，在超市打烊之後，把貨架上所缺的商品擺上去，他的身體一定吃不消的……

前途豈不就此報廢了嗎？

我尷尬地從「巨臀狐」胸前坐直身體，恢復常態。我問她，林夫人，我想偷偷回國一趟，您給分析一下，什麼時間最好呢？現在是否安全？據您觀察，警方是否已撤了對我家的監視呢？「巨臀狐」苦笑了一聲，小蔣，你相信董姐嗎？我點點頭。她思索片刻，我想是這樣，現在咱們國內，正在轟轟烈烈進行奧運火炬傳遞，總會出現一些不和諧的聲音了，所以局勢相對比較緊張，所有進入國內的通道檢查都相當嚴格，因此我建議，最好選擇奧運開幕前夕，那個時候，全世

界人紛紛湧入北京，警力重點自然也就集中在各個賽場，你整了容，漂了白，一個標準的加拿大人，打著去北京觀看奧運，悄悄回到咱們城市，應該是最佳時機，只要處處小心謹慎，不自露馬腳，就應該萬無一失。但是，你若想把家人也弄來大溫，恐怕就要自投羅網了。

我給他們錢總可以吧？

這個……也比較困難，你怎麼給？除非現金，只要經過銀行，不管你家誰去取，都會引起警方注意，到時候，他們順藤摸瓜，你基本就凶多吉少了。嗯，我也這樣想過，只給現金，而且最好不大量。

那，董姐就乞求神靈，保佑你平安。

還有，董姐，那個……那個……

你是想問那個梅詩涵吧？「巨臀狐」促狹一笑。一絲窘迫瞬間閃過麥頓的臉。唉，你們男人啊，小蔣，上次我就想說你，你是不是還夢想著把她弄到大溫，和你生活在一起？難道你真的不清楚嗎？不是我家老林出事與她有關，我就對她懷恨在心，存有偏見，事實上她就是完美的一個職業情人，包括她的所謂模特兒培訓學校，其實培養訓練的都是職業情人。虧你還一直念念不忘她，人家每天都躺在不同男人的懷裡，逍遙快活。

我懷疑，但無言以對。

「巨臀狐」起身告辭。我連忙把那張銀行卡遞給她。我說，董姐，這個就送給你們吧，就算您此次幫忙，付給您的酬謝，我知道你們如今在大溫生活很不易。「巨臀狐」笑笑，小蔣，董姐已經不是原來的董姐，是，我們現在的確很需要錢，但我們想透過自己創造來獲取。她走出豪宅，走出樹籬圍起的院落，曾經那麼熟悉的背影突然間顯得異常陌生。

九

　　我終於盼來舉世矚目的日子，登上了溫哥華－北京的航班。飛機比心不知慢了多少倍，終於在我頻頻俯視中徐徐降落。正如「巨臀狐」所說，安檢口異常森嚴，但對來客更加友好周到，麥頓——那個假面雜種，充分享受了各類工作人員及志願者們給予的細緻服務。

　　哦，闊別了近一年，美麗的大北京，絢爛的陽光中，氣勢恢弘的樓宇間，到處飄揚著奧運五環旗幟，同一個世界同一個夢想，奧運氣氛達到了空前高漲，每個中國人，笑逐顏開的臉上，都無不洋溢著自豪。走出機場的剎那，我是多麼想留在北京一晚，去親身感受一下鳥巢的熱烈，觀賞一下開幕式的壯觀。但是，我卻更迫切見到自己的親人，投身家的懷抱。

　　如果人的血液可以使機車提速，我會毫不猶豫分出一半甚至更多給它。火車簡直太慢了，太陽都下山了，才緩緩駛入我們的城市。熟悉的金魚河——我們的城市河，終於出現在面前，河水散發的略帶一點腥酸的標誌性氣味，昔日無比的厭倦，如今卻陶醉般的親切，情不自禁把鼻孔伏到車窗外，大口而貪婪地呼吸。我恍惚有所頓悟，林市長在遺書中為什麼偏偏選擇鄉下的老家。那麼我的母親、妻子和兒子，喝慣了金魚河水，將來的某一天，如果可能的話，他們會主動選擇跟隨麥頓，投奔生疏的大溫嗎？

　　我再也無心重溫月牙街的夜景，只是計程車在穿過佳家購物廣場門前時，狂跳的心不由自主地緊縮了幾下，我必須克制，絕不能闖進去尋找兒子。雖然處在關鍵時期，又時隔一年，警力未必天天盯著我家的每個人，畢竟一次的衝動都有可能釀成殺身之禍。我催促司機快點，模仿外國人比較生澀的中國話。汽車風馳電掣般使上西祠路。大概因為是個特殊的日子，人們都早早等在家裡觀看開幕

式，西祠路上的車輛特別稀少。司機見我是個會說中國話的外國人，尤為熱情地和我搭訕。先生，您是哪國人呢？來中國看奧運的吧？放心，不用您催，我會緊著的，因為開幕式馬上就要開始了。我隨口說謝謝，告訴他我是澳大利亞人，並稱讚他猜得很對。他驕傲地繼續追問，那您來這座城市，是提前探親訪友了？是不是準備邀請他們一起觀看？

我不置可否，看看已經接近怡荷香園社區了，果斷請求停車。司機帶著一點疑問的眼神離開了。我知道他很納悶為什麼不讓直接送我進社區。我當然不能那麼做。站在西祠路上，怡荷香園19號樓與麥頓間只隔一條並不寬闊的金魚河，還有一條大約10米寬，種植了許多山桃樹的帶狀公園。我看見了3單元301那三面再熟悉不過的視窗，那便是蔣芳昔日的家。但是此刻，我極力控制著麥頓，不讓麥頓表面上產生絲毫激動。我一邊不緊不慢地走，一邊裝作觀賞金魚河夜景，其實目光始終在機警觀察周圍的環境，掃視河面上是否存在停留的船隻，留意並判斷公園裡每個散步的人像不像便衣員警，甚至以假意仰望星空的方式，瞭望西祠路另一側的工會少年宮高層中有沒有埋伏暗哨……不錯，一切正如「巨臀狐」所料，人們的注意力全在奧運那裡。

麥頓借著暗淡的夜色，悄悄穿過怡荷橋，進入到社區。社區內幾乎不見一個人，出奇寂靜。我看看麥頓腕上的手錶，8:10，開幕式已經開始，人們都靜靜地坐到了電視機前。我加快步伐，向左，沿著習慣的路面，鬼魅般接近19號樓。三單元近在咫尺，我無法再控制好麥頓的心臟，感覺已蹦到了喉嚨口。麥頓跌跌撞撞鑽進黑暗的門洞，纖細的小腿激動得突突亂抖，而最終支撐不住，噗地跌倒在樓梯上。他顧不得努力站起來，腋下緊緊夾住精緻的黑皮箱，另一隻手猛拉樓梯扶手，磕磕絆絆往上爬去。終於爬到了301門前。

他倚在門邊，小憩瞬間，聽見起居室裡電視的聲音很響的傳出來，伴隨著兒子大聲的感歎，媽媽，您看，簡直太壯觀了，這才叫氣勢恢宏。

呀！兒子居然也在家！

麥頓的手猛烈地哆嗦著，從褲袋中掏出一把鑰匙——他一直把它視若珍寶般存放著，就像蔣芳的身份證。他跪起來，摸索著，如幾個月來無數次想像的那樣，輕輕插進鑰匙孔，用力一旋，防盜門唭噠一聲輕響，然後輕輕拔出鑰匙。他閃開身體，拾起旁邊的皮箱，緩緩拉開防盜門，隨著門縫的逐漸加寬，他倏地就像一條機敏的狗鑽進了房內，並迅即關上了防盜門。防盜門的撞擊聲立刻驚動了起居室的三個人，坐在輪椅上的母親率先投來驚訝的目光，繼而離門最近的妻子便發現了幾乎連滾帶爬的麥頓，驚恐萬狀地吼叫了一聲，兒子則閃電般地從沙發上彈起來，一縱身擋在母親身前。

不要驚慌，我是蔣芳。

我扔下皮箱，跪在地板上，以雙膝迅疾前行到母親身前，咚咚咚連磕了三個響頭，同時情難自己，聲淚俱下，媽——是兒子不孝，讓您受苦了，給您帶來恥辱了，嗚嗚嗚……三個人驚駭地盯著地面。仍然是母親率先回過神來，聲音顫顫地質問，你……你是蔣芳？咚咚咚，我又磕了三個響頭，嗯，媽，我是蔣芳。你抬起頭來，母親命令道。我抬起頭，抓住老人家膝蓋上的雙手。母親一驚，騰地甩開，身體向後仰去，不，他不是蔣芳，小朗，快，快。母親指著我，喊身邊的孫子。我再欲抓母親的手，小朗已欺近身前，猛一下打開我的手，護住奶奶。媽，快去打電話報警。我急了，哭求著高喊一聲，不要！千萬不要！媽，您仔細看看，我真的是您兒子蔣芳。我忽然靈機一動，側過臉，媽，您看看我耳朵後面，我耳後有兩個倉，您不是還叮囑過我，叫我一定

好好幹事，還說這倉也許會給我帶來霉運……妻子此刻突然平靜了，跨前一步，冷煞地說，婆婆，您不用怕，這個人的確是蔣芳，不管他怎麼變，他就是把自己變成一個外國畜生，我也能分辨出他的聲音，我現在向你們重申一下態度，我跟你們說過，早就當他死了，既然他又回來了，如果你們認他收留他，那麼我立刻就走，我就是死，也永遠不會再認眼前這個變臉的雜種！兒子突然憤怒地指著我，大聲呵斥，滾！趕緊滾！不要影響我們看開幕式。母親好半天講不出話來，我看見老人家混濁的眼眶中佈滿了淚光，她伸手，顫抖著摸摸我左耳後，伏近身體端詳麥頓的臉，很久，她搖搖頭，再重重搖搖頭，孩子，她忽然說，你說你是蔣芳，但我看，你不是我兒子蔣芳，現在不管你是誰，我勸你還是儘早離去，如果你被員警當成蔣芳抓起來，槍斃了，你讓我們娘三兒哪還有臉活在這世上？

　　我千萬次地設想過一家人重聚的情景，但怎麼也沒料到會是現在的樣子。麥頓無法接受，以為一定是母親、妻子和兒子仍處在氣頭上。是的，他們沒理由不氣，所以才如此對他，麥頓應該給每個人賠罪，給所有人時間，請求他們慢慢適應。他回身，拽過皮箱，打開，把整整30萬元人民幣推到母親的輪椅前。媽，他說，我知道家裡現在很需要錢，這是兒子的一點孝心，請你們收下。三個人幾乎同時嗤地冷笑了一聲，小朗冷不丁撲上來，啪一下重新封好皮箱，一手拎箱一手拉起麥頓，噔噔幾步走到門前，開門，猛一把將麥頓推到了門外，皮箱也跟著飛出來。我叫你滾就趕快滾！你這人真是很奇怪！門「碰」一聲關上，又哨一聲從裡面反鎖起來。哪遠哪滾！不要再來打擾我們！

十

　　我滾了，直接滾回了溫哥華的豪宅。我把麥頓困在豪宅裡，整整三日夜水米未進。眾叛親離，生命對我惟一的意義，僅剩下不讓中國警方抓住，不要被宣判死刑，遊街示眾後，拖到刑場槍殺，我為親人們做成了最後一件事。三天裡，我採用了各種方法，欲結束麥頓的生命。我觸電了，但是沒觸到，總是手指與電源相差毫釐的時候，又迅速地收回手指；我上吊了，不信你就來麥頓豪宅，到現在那條繩索還掛在露臺上方的鐵樑上，下面擺著一隻德國赫斯塔公司製造的小皮凳，我把繩套套在脖頸上N多次，但是沒有一次鼓足勇氣踢翻腳下的小皮登。我溺水了，在麥頓豪宅半露天的泳池裡，每次都沉到了水底，可每次都因無法忍受肺部嚴重窒息而最終又主動浮出了水面；我吞下過量安眠藥了，但無法控制麥頓的胃口，它總是上湧，不等藥力發作，便全部吐出來……我大罵麥頓沒用，譏笑他懦弱怕死，而麥頓在被我連續大罵和譏笑之後，乾脆連饑渴也抵抗不住了，竟恬不知恥地肥吃海喝了一頓。

　　吃飽喝足的麥頓長時間地凝視鏡子中的自己，反復琢磨面相，最後把目光集中在左耳上，他認定，都是因為左耳後，先天長了兩顆麻子一樣的倉，才導致如今的命運每況愈下。於是咬牙切齒拿來那把水果刀，重新對著鏡子，一手抻住耳朵惡狠狠地割下去。鮮紅的血順著刀鋒留下來，疼痛令麥頓齜牙咧嘴住了手，他趕緊捂住耳朵，四處翻找可包紮的東西。

　　一個頭纏白色繃帶的怪人，上穿白色襯衫，下穿白色西褲，瘦瘦高高的，十分酷似中國神話中的白無常，晚間悄悄溜出麥頓豪宅，在高尚的Shaugnessy地區大街小巷裡穿行，雙手各抓著一逤加拿大錢幣，不時要求某個路遇者，You kill me（你殺了我吧），

kill me（殺了我），beg you（求求你），employed by me（算我雇你），non-white to kill（不白殺的），as long as you kill me（只要你殺了我），these two, money,give you, again and again（這兩逤錢都給你）。唉，他媽的，沒想到大溫人都那麼膽小怕事，還不忘給自己爭面子，不但迅速遠遠避開，口中竟大叫著，Oh（噢），my god（天吶）！crazy（瘋子），escape fast（快躲開）！總算遇到兩個膽大且熱心的傢伙，借著小巷昏暗的夜色，一路緊緊尾隨麥頓，嘁嘁喳喳小聲議論，Hey（嘿），you say（你說），is that his money not fake（他那錢是不是假的）？一個傢伙果斷衝上來，捅了一下麥頓的後腰，Hey（嗨），ask you Na（問你吶），is the money in your hands true or not（你手中的錢是不是真的）？if it is true（如果是真的），we do help you（我們才好幫你）。麥頓顯然有點憤怒，Damn（媽的），of course, is the true!（當然是真的了）！Laozi is billionaires（老子是億萬富翁），never used fake money to fool people（豈會用假錢來騙人）？Do not believe, you look（不信你們看）。麥頓賣弄似地分別遞給二人。

兩個傢伙接過錢，相視詭譎一笑，撒腿便跑，瞬間消失得無影無蹤。麥頓愣在原地，憤然大罵，雜種——狗雜種——看看人家不可能聽見了，便沮喪地一面走，一面嘟嘟囔囔，全他媽不講信譽，說了幫助我的，卻拐著錢溜了。

七天後，麥頓拆下了頭上的繃帶，其實用不了七天那麼久遠，僅僅割開一個小口而已，和醫生在病人耳際上採血樣差不多，現在麥頓的耳朵又生龍活虎地立在頭部兩側了。麥頓對自己的勇氣不再抱任何幻象，同樣對大溫人也失去了最後的期望，因為七天裡，他連續六個晚間，被大溫人騙走或搶走了錢，而並沒有如願獲得他們殺害。麥頓透過分析總結，或許中國人更值得信賴一些，於是他把

行動選在了唐人街。我已管不了麥頓，不等我罵他，他便怒不可遏地罵我，反正是尋死，愛怎麼折騰就隨他吧。不過，有一點麥頓時刻接受我的提醒，就是最好不要暴露蔣芳是中國在逃貪官的身份，畢竟存在被抓、引渡、槍決、陷親人於無地自容的危險。

麥頓手裡仍然高舉著錢，這是最後的信念，只要肯花錢，他深信一定會有人替他了結生命。他在光天化日之下，迎著或追著每一位唐人街遊客，You kill me（你殺了我吧），kill me（殺了我），beg you（求求你），employed by me（算我雇你），non-white to kill（不白殺的），as long as you kill me（只要你殺了我），these two, money, give you, again and again（這兩遝錢都給你）。很快一個巡警老爺被他吸引過來，不過，一看那巡警就不是個惡徒，是較善良的那種，見他實在可憐，立刻萌生了惻隱之心，因此沒有完全制止他的行為，Go（去），go elsewhere,（到別處去），madman also does not allow either（瘋子也不允許），This district is in my possession（這段歸我管），found by my leader, will be penalty and deduction（被上面發現會罰分扣薪的）。麥頓早已患上了恐警症，不敢分辨一句，乖乖地向別處走去。

麥頓瞄上一對情侶，緊追幾步，騰出右手，拍了一下男人的肩胛，Sir（先生），beg you（求求你）……他突然緘口，因為他發現站在面前的人竟是他們市建委主任，而女人更令他大驚失色，居然是一直念念不忘的心肝寶貝梅詩涵。麥頓的眼睛幾乎滾到眼眶外。眼見兩個人重新相互挽起手臂，有說有笑地離去。他沒有聽清他們對他說了什麼，突然不顧一切地撲上去，猛一把拉住梅詩涵的胳膊。詩涵，你怎麼……梅詩涵嚇得慌忙甩開他，閃到建委主任身後。主任也惶恐地躲閃。麥頓變得語無倫次，黃主任你……你……她……她……他忽地逼近主任，一指梅詩涵，她是個職業情人……

黃主任躲到一邊，這個……這個……我知道，我付過錢的。也許梅詩涵聽出了蔣芳的聲音，或者被眼前的怪物著實嚇壞了，她突然尖叫著，高喊起來，The police（員警）——（the police）員警——to help us（幫助我們）——

一個巡警跑過來。

麥頓慌張地走開。

麥頓逃進一個菜市場。風暴此時驟然刮起來，宛若一根枯枝樣的麥頓站立不住，沿著市場街奔跑，兩股清泉似的淚水，被暴風吹得橫飛出去，誰殺了我吧，行行好，你們誰殺了我吧……林夫人正巧聽到麥頓的聲音，看到了眼前一幕，從菜店前走出幾步，迎風擋住麥頓，林夫人臉上閃過一絲差異之色，伸手攔住他，小蔣，你怎麼啦？不許瞎鬧，我跟你說過了，有事找董姐。麥頓被林夫人穩住身形，定睛觀瞧，突然捉住她的手，詩涵，詩涵，不要拋棄我，你既然來了，我們就在大溫重新組成一個家好不好？林夫人愕然，小蔣，你醒醒，我不是詩涵，是董姐。麥頓佯裝沉下臉，寶貝兒，不許和我逗，明明是詩涵，還瞪著眼睛說董姐。誒，董姐是誰，這稱呼好像聽說過，一定是你的姐妹對吧？讓她也來，和我們生活在一起，沒事，我們有的是錢，我是個億萬富翁吶。

一陣強風呼地吹跑了麥頓，麥頓拼命地抗爭著，欲站住身形，但怎奈身體太輕了。林夫人目睹著他飄飄忽忽遠去，聽見他的聲音還在隱約叫喊，詩涵，請相信我，我真的很有錢……林夫人歎了口氣，直到完全看不見聽不見了，才終於腳步沉重地走進自己的小菜店。

（刊於《南方文學》〈頭條〉2010年第4期）

語言文學類　PG0688

隱居溫哥華
——袁永海中篇小說選

作　　者 / 袁永海
責任編輯 / 林世玲
圖文排版 / 譚嘉蕙
封面設計 / 蔡瑋中

發 行 人 / 宋政坤
法律顧問 / 毛國樑　律師
印製出版 / 秀威資訊科技股份有限公司
　　　　　114台北市內湖區瑞光路76巷65號1樓
　　　　　電話：+886-2-2796-3638　傳真：+886-2-2796-1377
　　　　　http://www.showwe.com.tw
劃撥帳號 / 19563868　戶名：秀威資訊科技股份有限公司
　　　　　讀者服務信箱：service@showwe.com.tw
展售門市 / 國家書店（松江門市）
　　　　　104台北市中山區松江路209號1樓
　　　　　電話：+886-2-2518-0207　傳真：+886-2-2518-0778
網路訂購 / 秀威網路書店：http://www.bodbooks.com.tw
　　　　　國家網路書店：http://www.govbooks.com.tw
圖書經銷 / 紅螞蟻圖書有限公司
　　　　　114台北市內湖區舊宗路二段121巷28、32號4樓
　　　　　電話：+886-2-2795-3656　傳真：+886-2-2795-4100

2011年12月BOD一版
定價：200元

國家圖書館出版品預行編目

隱居溫哥華 : 袁永海中篇小說選 / 袁永海著. --
　一版. -- 臺北市 : 秀威資訊科技, 2011.12
　　面 ; 　公分. -- (語言文學類 ; PG0688)
BOD版
ISBN 978-986-221-877-8(平裝)

857.63　　　　　　　　　　100022672

讀 者 回 函 卡

感謝您購買本書，為提升服務品質，請填妥以下資料，將讀者回函卡直接寄回或傳真本公司，收到您的寶貴意見後，我們會收藏記錄及檢討，謝謝！如您需要了解本公司最新出版書目、購書優惠或企劃活動，歡迎您上網查詢或下載相關資料：http:// www.showwe.com.tw

您購買的書名：_____

出生日期：_____年_____月_____日

學歷：□高中 (含) 以下　　□大專　　□研究所 (含) 以上

職業：□製造業　□金融業　□資訊業　□軍警　□傳播業　□自由業
　　　□服務業　□公務員　□教職　　□學生　□家管　　□其它_____

購書地點：□網路書店　□實體書店　□書展　□郵購　□贈閱　□其他

您從何得知本書的消息？

　□網路書店　□實體書店　□網路搜尋　□電子報　□書訊　□雜誌

　□傳播媒體　□親友推薦　□網站推薦　□部落格　□其他_____

您對本書的評價：(請填代號　1.非常滿意　2.滿意　3.尚可　4.再改進)

　封面設計____　版面編排____　內容____　文／譯筆____　價格____

讀完書後您覺得：

　□很有收穫　□有收穫　□收穫不多　□沒收穫

對我們的建議：_____

_____

_____

11466
台北市內湖區瑞光路 76 巷 65 號 1 樓

秀威資訊科技股份有限公司　　　收

BOD 數位出版事業部

....

（請沿線對折寄回，謝謝！）

姓　　名：＿＿＿＿＿＿＿＿＿　年齡：＿＿＿＿　性別：□女　□男

郵遞區號：□□□□□

地　　址：＿＿＿＿＿＿＿＿＿＿＿＿＿＿＿＿＿＿＿＿＿

聯絡電話：(日) ＿＿＿＿＿＿＿＿＿＿　(夜) ＿＿＿＿＿＿＿＿＿＿

E-mail：＿＿＿＿＿＿＿＿＿＿＿＿＿＿＿＿＿＿＿＿＿